Le messager de la paix

Guy Créquie

Le messager de la paix

LE LYS BLEU
ÉDITIONS

ISBN : 979-10-377-5500-1

Du même auteur

37 ouvrages publiés depuis 1980, dont 14 recueils poétiques et 23 essais de société.

Je cite les quatre derniers encore en vente :

— *Philosophie aujourd'hui – Philosophie demain* en version bilingue française et anglaise. Livre édité en 2015 par l'éditeur américain COOK communication ;

— *Poésie de la paix et de l'harmonie*, illustré en couleur par la célèbre peintre du Puerto-Rico : Célia Altschuler, publié en 2016 en version bilingue par le même éditeur ;

— *Quel devenir pour l'Homo sapiens à l'horizon 2120*, publié en 2016 chez le même éditeur ;

— *Avec la pandémie de la COVID-19* (hâtons-nous de rendre la philosophie populaire et nécessaire) Éditions du Cordeau France décembre 2020 ;

— *Avec la pandémie de la COVID-19 et après ?* (Le Lys bleu Éditions, printemps 2022).

Foreword

We can choose the life we want for ourselves. We can choose that life we want by doing the best not just for ourselves but for others in spite of the odds. Dr. Guy Créquie chose that life he wanted for himself, for others, and for global peace in spite of the odds. We live in a world where the life we choose can take us on many fascinating voyages.

For Guy, a poet, singer, writer and universal ambassador of peace and IAEWP board member who started out as a trade union leader, then as a leader in his own foundation where he trained three hundred and fifty teachers on conflict prevention amongst children, life has meaning only when we are the seeds of change. For him, the culture of peace and non-violence starts within and is inspired by the International Association of Educators for World Peace (IAEWP), an organization designated the Messenger of Peace by the United Nations.

IAEWP promotes peace through harmony and education and is an organization that not only inspired Guy but is home for him. Guy has played key roles as a singer to strengthen his community by educating and fixing a variety of issues that impact his community. The focus of IAEWP is educating for peace, human dignity, Non-violence and Conflict

Resolution.This focus has been Guy Créquie's focus and life. For several years on every twentieth day of March, Guy Créquie, holds presentations promoting peace culture, education, human rights, protection of the environment, respect for the duties of the great international institutions.

What i like about Guy Créquie's autobiography book "the messenger of peace'' is how his life as a peace builder and street singer touched, and expanded the circle of concern to include others. A well-travelled peace advocate, who has been to sixty countries promoting peace and human rights at conferences, international congresses of poets, street demonstrations and has sung in the favelas of Rio de Janeiro, in Prague. He was expelled by the airport of Madrid in 1971 by the pro-Franco police, sang under the balls in 1989 in Sri Lanka and took part in the commemoration of the tragedy of the atomic in Hiroshima in Japan where he gave an interview to the radio of Kyoto.

The International Association for Educators for World Peace (IAEWP) was established in 1969 by Dr. Charles Mercieca in the presence of the representatives of more than 55 countries. The idea behind the establishment of IAEWP was to bring and maintain universal peace by promoting peace education as a global movement. IAEWP was founded by Dr. Charles Mercieca with a vision of educating for peace globally.

The International Association for Educators for World Peace (IAEWP) is a non-political, non-governmental and non-profit making international body geared towards the attainment of international understanding and world peace since its inception. Guy Créquie's drive, passion, and unyielding will to succeed is reminiscent of his passion as a messenger of peace through his songs and poems following in the footsteps of the great messenger of peace IAEWP that has inspired his work! His story and autobiography book will certainly lit a fire under all messengers of peace.

Dr. Ayo Ayoola-Amale,
IAEWP Executive vice-president

Préface
(Traduction)

Nous pouvons choisir la vie que nous voulons pour nous-mêmes. Nous pouvons choisir cette vie que nous voulons en faisant le meilleur, pas simplement pour nous-mêmes, mais aussi pour les autres, malgré les difficultés. Le docteur Guy Créquie a choisi cette vie où il a voulu, pour lui et pour les autres la paix globale malgré les singularités.

Nous vivons dans un monde où la vie que nous choisissons peut nous amener à faire nombre de voyages fascinants. Guy Créquie, poète, chanteur, auteur et membre du conseil universel des Ambassadeurs de Paix, ainsi que de l'IAEWP, a commencé en tant que dirigeant syndical, puis de sa propre fondation où il a formé trois cent cinquante enseignants à la prévention des conflits chez les enfants. La vie n'a de sens que lorsque nous sommes les graines du changement. Pour lui, la culture de la paix et de la non-violence commence en soi-même et est inspirée par l'association internationale des éducateurs pour la paix du monde (IAEWP), organisation désignée « Messager de la Paix » par les Nations Unies.

L'IAEWP promeut la paix par l'harmonie et l'éducation : c'est un organisme qui, non seulement a inspiré Guy Créquie, mais où il se sent « comme chez lui ». Affecté par un grand nombre de problèmes, il les instruit et les traite grâce à son talent de chanteur : sa voix renforce ainsi sa communauté. Les objectifs d'IAEWP sont d'agir pour la paix, la dignité humaine, la non-violence et la résolution des conflits. Ceci a été l'axe central de la vie de Guy Créquie, Messager de la Paix. Depuis plusieurs années, le 20 mars, il présente ses propositions pour promouvoir la culture de la Paix, de l'éducation des droits de l'homme, de la protection de l'environnement et du respect des devoirs des institutions internationales.

Ce que j'aime dans l'autobiographie de Guy Créquie, c'est comment, par sa vie de bâtisseur de paix et de chanteur de rue, il a pu toucher un cercle toujours plus grand, en incluant autrui. Avocat bourlingueur de la paix, il est allé dans soixante pays pour promouvoir la paix et les droits de l'homme par des conférences, des congrès internationaux de poètes, des manifestations de rue : il a chanté dans des favélas à Rio de Janeiro ainsi qu'à Prague. Il a été expulsé de l'aéroport de Madrid en 1971 par la police de Franco ; il a chanté sous les balles au Sri Lanka ; il a participé à la commémoration de la tragédie de la bombe atomique à Hiroshima au Japon où il a donné une interview à la radio de Kyoto.

L'IAEWP a été fondée en 1969 par le Dr Charles Mercieca en présence des représentants de 55 pays. L'idée derrière cette fondation était d'apporter et de maintenir la paix universelle en favorisant l'éducation à la paix comme mouvement global. Charles Mercieca avait cette vision de paix globale en fondant l'IAEWP.

IAEWP est un organisme international, apolitique, non gouvernemental et sans but lucratif, orienté depuis sa création, vers la réalisation de la compréhension internationale et de la paix mondiale.

Le dynamisme, la passion et la volonté inébranlable de réussir de Guy Créquie rappellent sa passion de Messager de la Paix à travers ses chansons et ses poèmes qui ont inspiré son travail. Son livre d'histoire et d'autobiographie allumera certainement un feu sous tous les messagers de la paix.

Dr. Ayo Ayoola-Amale,
Vice-président exécutif de IAEWP

Avant-propos
Pourquoi cet ouvrage autobiographique ?
Quelques indications sur mes origines familiales

Après avoir publié 31 ouvrages, je n'escomptais plus rédiger un nouveau livre. Je pensais me limiter à l'écriture occasionnelle de quelques poèmes ainsi qu'à la rédaction de contributions en réaction à l'actualité sociale et politique.

Cependant, en mai 2018, me trouvant à Bandol lors de l'inauguration de la plaque apposée sur l'ancienne maison du célèbre comédien d'avant-guerre : je veux désigner « RAIMU » le président du cercle des auteurs bandolais, mon ami Jean-Marie Schneider, lors d'une discussion en aparté, m'encouragea à entreprendre l'écriture de ce 32e ouvrage autobiographique.

Ainsi : j'ai suivi son conseil et je me suis attelé à la tâche !

Alors, qui suis-je ? De quelle tradition familiale suis-je le descendant ?

Je suis né le 2 novembre 1943 à Villefranche-sur-Saône. Je suis le troisième enfant d'Armanda Marie Guistetto, née à Villefranche-sur-Saône le 31 mai 1910, épouse Créquie, et d'Achille-Maurice Créquie, né à Bruay-en-Artois le 27 novembre 1904.

Ma mère était confectionneuse, fille d'immigrés italiens, malgré son peu de scolarité en France, elle se construisit une riche culture.

L'opéra italien, elle connaissait tous les grands airs, mais également les grandes œuvres de la musique classique internationale et les grands classiques de la littérature. Confectionneuse extrêmement habile de ses mains, elle pouvait tout créer et arranger dans un appartement. Elle était parfois recherchée et consultée même par de grandes familles lyonnaises. Malgré tout, elle travaillait à la maison pour élever ses 3 enfants dont j'étais le benjamin.

Ma sœur Chantal : est née en 1940, et mon frère Louis Marc, nous a précédé bien auparavant puisque né en 1929.

Mon père était lui aussi à sa manière un personnage atypique. Pupille de la nation, car son père succomba par suite d'une maladie dans les tranchées lors de la guerre 1914/18. Malgré cela, il ne fut pas envoyé à l'école, et c'est maman qui lui apprit à lire et à écrire.

Son handicap scolaire a fortement nui à sa carrière possible. Sportif de haut niveau, il fit partie de l'union gymnique de Villefranche-sur-Saône, laquelle, dans les années 20 et 30, eut en son sein un champion olympique du nom de Séguin.

J'ai lu dans des documents retrouvés que papa avait participé à des compétitions de gymnastique à Genève, Alger…

Je disposais d'une photographie où on le voyait sur une main sur des barres parallèles au centre du stade de Gerland à Lyon.

Plongeur et acrobate, il faisait l'entraînement physique au sein du cercle des nageurs à la piscine de Villefranche-sur-Saône.

Mais une autre de ses caractéristiques plus angoissantes, et qui causa à ma mère bien des soucis fut son aptitude à la bagarre de rue. Il lui fallait peu de choses pour le trouver ! Sa renommée de bagarreur était même allée jusqu'au champion de boxe de la police qui voulait l'affronter.

L’ancien maire de Villefranche également avocat et je désigne Armand Chouffet, à plusieurs reprises a soutenu sa défense lors des audiences au tribunal. Avec sa souplesse extraordinaire, mon père faisait un saut périlleux en avant, et son adversaire recevait ses deux pieds dans le visage ou le ventre sans avoir le temps de réagir. Sinon, à l’arrière, il accomplissait un saut carpé, et ses deux jambes entrelaçaient le coup de son adversaire qui s’écroulait.

Il n’avait pas à chercher loin l’héritage de son tempérament : son père du même prénom que lui appelé le grand Rouquin était une terreur dans le Nord et dansait la valse sur une table.

Durant un certain temps, lors de la guerre 14/18, le domicile familial dans le Nord a été occupé par les Allemands. Avec son frère Albert, ils furent élevés de nombreux mois par les soldats allemands. Leur mère, lors d’une dispute avec un officier allemand avait cassé une chaise sur la tête de ce dernier, et ainsi, fut mise en détention quelques mois.

Avant cette éducation très spéciale, à l’arrivée des Allemands, mon père et son frère s’étaient cachés dans un tonneau, et un soldat allemand les retira et les rassura en leur indiquant que lui également avait des enfants.

En revanche, d’autres n’eurent pas cette délicatesse ; il fut jeté un jour dans un canal et appelé à s’en sortir sans aide. Une autre fois, placé en faut d’un pré avec un charriot à roulettes, il devait descendre le pré en évitant ou en affrontant des enfants allemands placés le long du parcours, avant d’arriver en bas.

Quant à ma mère Armande (Armanda), son papa Jean-Baptiste Guistetto, fut l’un des 13 survivants sur des milliers de combattants italiens lors du désastre de l’expédition militaire en Abyssinie (ancien nom de l’actuelle Éthiopie.)

Se cachant, dans les broussailles et forêts, il revint au pays barbu méconnaissable quelques années après, cependant il découvrit un secret : une plante pour protéger durant toute son existence sa belle dentition. Lorsqu'il se fit opérer de la prostate à l'hôpital de Villefranche après avoir émigré d'Italie, le médecin compte tenu de son âge lui demanda de retirer son dentier… Et en réponse, il aurait arboré son plus beau sourire original découvrant sa belle dentition.

Sa mère Félicie Louise Rinaudo, née en Italie à Verzuolo est décédée jeune, vers la quarantaine, j'ai peu d'informations la concernant.

La violence de mon papa a sans doute provoqué en moi l'horreur de l'affrontement physique ce qui certainement plus tard a contribué à mes engagements collectifs par les choix syndicaux et politiques sur lesquels je reviendrai dans d'autres chapitres, et par le débat d'idées et ainsi par l'écriture.

S'agissant de ma mère : je n'ai jamais oublié le nombre d'heures qu'elle passait devant sa machine à coudre qui ronflait encore tard en soirée. Si elle découvrit beaucoup plus tard un nodule aux poumons, lequel fut certainement alimenté par les poussières de tissu respirées. Ce mal l'emporta en 1983 même conjuguer avec la fausse angine de poitrine dont elle souffrait depuis longtemps.

Papa lui décéda en 1967 encore plus jeune des suites d'une longue maladie. Je n'oublierai jamais que : malgré leur condition modeste, nos parents firent le maximum pour nous apporter le confort nécessaire du point de vue alimentaire, vestimentaire, pour les loisirs et l'éducation. Mes options syndicales et politiques ultérieures ont été incontestablement nourries par le souci de l'option préférentielle pour les moins aisés.

Présentement, je suis l'époux de Madeleine Créquie, née Rougies, depuis le 18 juin 1966. Nous sommes les parents d'un fils unique : Stéphane Créquie, célibataire endurci, à l'esprit libre, passionné par l'histoire et la politique sans appartenance particulière. Mon épouse, ancrée dans les réalités, est douée pour diverses activités à la fois logiques et artistiques.

1
Mon enfance et adolescence furent perturbées par un souci visuel

Je débute le premier chapitre de ce livre et je me pose la question : cet ouvrage autobiographique rédigé par un auteur qui n'est ni un homme politique connu, ni un universitaire de renom, ni un artiste ou un sportif de haut niveau adulé peut-il intéresser un éditeur ? Ce dernier, aurait-il l'envie de le populariser auprès de lectrices et de lecteurs ?

Cependant, je m'y risque, et persiste ; ceci, car mon parcours m'apparaît original, même sans prétention de ma part, et peut-être, porteur d'espoir, pour celles et ceux qui handicapés au début de leur existence ou bien, étant nés dans une famille de condition modeste.

Je ne dispose pas de nombre de souvenirs marquants jusqu'à l'âge du certificat d'études primaires, mais de quelques-uns ! Est-ce le lot commun d'une histoire personnelle ? Sinon, mon handicap visuel d'enfance et d'adolescence explique-t-il ma perception ?

Je me souviens que lorsque la machine à coudre de ma maman faisait résonner le moteur, les vibrations sur le plateau de la machine faisant avancer les petits soldats de plomb. Très jeune, je fus intéressé par le sport cycliste, ceci, car papa nous emmenait avec ma sœur faire des balades à bicyclette vers Trévoux, Montmerle, ou autre destination.

Me concernant, ce fut à partir d'un certain âge lorsque ma vision me le permit.

En effet, vers 5 ou 6 ans, lorsque ma mère m'emmenait sur les manèges de forains, lorsque je montais sur des chevaux de bois, au bout d'un moment, le forain faisait descendre un pompon sur nos visages d'enfants et ceux-ci tiraient dessus ! Mais me concernant, je ne le faisais pas. Intrigué, le forain insistait mais sans doute que je sentais le frôlement du pompon sur mon front ou l'ensemble du visage, mais je ne réagissais pas, ne le voyant pas.

À la même période, lorsque mon père m'emmenait à la plage de Villefranche-sur-Saône, au bord de celle-ci, le temps d'une rencontre et d'une discussion par mon père avec une personne, je m'éclipsais et guidé par le hasard, je pouvais être retrouvé au milieu de la route qui quittait la plage.

Je sais, que je fus amené en consultation vers la fin des années 40 à Lyon auprès du célèbre professeur Paufique, alors une sommité internationale en matière d'ophtalmologie. Après examen et diagnostic, il me confia ensuite auprès de l'un de ses élèves le docteur Maugerie. Ainsi, je fus en consultation suivie de l'âge de 5 à 6 ans à celui de 21 ans.

Il fut diagnostiqué par le professeur Paufique, de la presbytie, un problème de fond de l'œil, du strabisme, et je crois un souci à la rétine. Ce que je sais, c'est qu'il me fut prodigué des soins, des exercices, et le port de lunettes initialement avec de gros verres.

Si j'ai bien retenu ce qui fut indiqué : J'avais 1/10e de vision à l'œil gauche, et 3/10e à l'œil droit.

Vers l'âge de 15 ou 16 ans, j'avais, sans lunettes, 4/10e à l'œil gauche et 5/10e à l'œil droit. Au moment de mon service militaire, je devais avoir sans l'aide de lunettes : 6/10e à l'œil gauche et 7/10e à l'œil droit.

Ainsi, ce handicap visuel a nui à ma scolarité des études primaires.

Je me souviens que lorsque j'étais au CE2, je fus rétrogradé au CE1, puis à l'année du certificat d'études primaires en 1957, j'ai échoué à l'examen, ceci, bien que je ne fusse pas l'élève le plus mauvais. Ce fut pour moi un énorme chagrin !

J'ai donc redoublé mon année scolaire et réussi en 1958 le certificat d'études, et comme je suis né un 2 novembre, je n'avais pas encore 15 ans en juin 1958.

Ensuite, après avoir hésité entre l'entrée en apprentissage dans un centre après avoir réussi le test d'entrée, finalement sur la proposition d'un ami de mon oncle qui travaillait comme commercial au sein de la quincaillerie Mailland, à Villefranche-sur-Saône, j'y fus recruté comme apprenti vendeur. En son sein j'ai réussi mon CAP de vendeur en quincaillerie en juin 1961.

Je suis resté dans cette quincaillerie jusqu'à la date de mon départ pour le service national en févier 1963.

J'ai eu la chance, le dernier dimanche de janvier 1963 de participer à la célèbre vague des conscrits à Villefranche. Cette année-là, c'est la garde républicaine qui précédait le défilé de la classe des 20 ans. Chaque classe d'âge étant précédée d'une fanfare d'harmonie.

Mais un événement qui aurait pu modifier mon existence est survenu en 1961. Déjà jeune, j'aimais chanter et mon père avait une voix de baryton Martin. Notre mère, malgré son peu de scolarité avait une grande sensibilité musicale.

J'aimais aller à la messe dominicale dans l'église Notre-Dame des marais ; ceci, surtout pour y chanter. Ma Voix malgré mon jeune âge était déjà reconnaissable par sa vitalité avec celle de l'Abbé Pose, lequel bénéficiait d'une jolie voix.

Mes camarades de sortie le dimanche m'appelaient Caruso !

En effet, non seulement j'étais capable dès 16 ans d'interpréter de célèbres mélodies napolitaines, mais également, je pouvais faire des imitations de chanteurs de la période dite yé yé des années 60.

De Claude François à Enrico Macias, de Frank Alamo à Richard Antony ou Johnny Hallyday. Mais je pouvais également chanter des chansons de Sacha Distel, Luis Mariano, John William, Robert Jeantal, Gilbert Bécaud.

Deux films ont eu un impact déterminant pour ma passion pour le chant : en 1953, avec mes parents et ma sœur, j'ai été voir le film le Grand Caruso avec Mario Lanza dans le rôle de Caruso.

J'ai été bouleversé par la voix du ténor qui conjuguait la puissance d'une voix naturelle, une diction impeccable, la meilleure avec celle de Guiseppe di Stefano qui fut le partenaire régulier sur scène de Maria Callas.

Enfin, Mario Lanza avait une émotion unique dans la voix comme l'avaient pour la variété Piaf et Brel.

En 1957, je suis allé voir le film « Sérénade » avec Mario Lanza. Ce film est celui qui comporte le plus de séquences musicales.

Mario Lanza était alors à l'apogée de son art. Il décéda en 1959 à Rome à l'âge de 38 ans après le tournage du film *La fille de Capri* ceci, alors que des projets de films étaient en cours ainsi que des concerts gigantesques à travers le monde, et que peut-être enfin, sollicité de toutes parts, il allait sur scène interpréter des rôles à l'opéra, car alors, il gagnait des sommes bien plus considérables dans ses films et concerts géants qu'il en aurait gagné sur une scène d'opéra même au Met à New York, ou à la Scala de Milan.

Pour en revenir à mon propre sort, je m'inscris au concours les Numéros 1 de demain en 1961 = concours de chant = sorte de The Voice d'aujourd'hui organisé par Europe n° 1 et son directeur artistique « Lucien Morisse ». Je fus auditionné au palais d'hiver à Lyon. Puis, je reçus une invitation pour me rendre rue François Premier à Paris auprès de Lucien Morisse, pour envisager ma perspective vocale et c'est lui, qui me proposa le nom de scène de Gil Conti, que j'utilise pour chanter.

Cependant à 18 ans, je venais juste de retrouver une vision acceptable ; j'étais timoré, hésitant, et ma mère également était non persuadée que je me fasse à la vie parisienne pour un métier incertain avec ses aléas qui aurait peut-être demandé des à-côtés (petits boulots au début.) Ceci pour dire : que je ne répondis pas à son invitation !

En 1963, après ma participation à la vague des conscrits, je fus affecté dans l'armée de l'air à la base aérienne de Cambrai, puis je fus affecté à l'école de la météorologie à Fort-Saint-Cyr-l'École.

Je dois dire que durant 4 mois intenses d'activités d'instruction, j'y ai appris plein de choses sur les nuages, et la vie en station.

Il en a été ainsi par exemple de la connaissance des différentes sortes de nuages, le calcul des pressions de l'air et du niveau de la mer, d'améliorer mes connaissances en géographie, ceci, pour préparer les grandes cartes norvégiennes que l'on soumettait pour leurs prévisions aux ingénieurs météorologiques.

J'ai terminé cette formation avec 13 de moyenne sur 20, et constatant que j'avais été apte à suivre cette formation difficile malgré mon niveau de base (CEP), ceci, alors que d'autres élèves de mon niveau ne purent la suivre, et parmi les soldats élèves, il y avait des détenteurs de baccalauréats math élém. Et math sup.

Cet épisode militaire m'a donné confiance pour l'avenir. Après ma réussite à l'examen du CIT (centre d'instruction de la météorologie), je fus dirigé sur la base aérienne de Strasbourg Entzheim, et ce, jusqu'à ma libération militaire en mai 1964.

Je me suis posé la question durant quelque temps si je ne devais pas persévérer dans cette voie en station météorologique. Cependant, mon niveau de base était limité pour prétendre à un déroulement de carrière permettant de devenir ingénieur météorologique.

Au sein de la station météorologique de Strasbourg Entzheim, des journalistes des dernières nouvelles d'Alsace téléphonaient à la station pour l'information de leurs lecteurs ; mais également parfois ceux de stations radiophoniques comme Jean Breton, et Albert Simon, pour la préparation de leurs prévisions personnelles.

2

Mes activités salariées et le mouvement social de mai et juin 1968

À mon retour du service militaire, mon ancien employeur me proposa de revenir à la quincaillerie Mailland, mais il ne me proposait que 450 francs de salaire mensuel. Ceci, alors que son concurrent la quincaillerie Morel, me proposa un salaire mensuel de 800 francs.

Malgré tout, le métier de vendeur en quincaillerie ne me stimulait plus particulièrement. J'ai donc opté pour une entrée à Lyon au sein des IEG (Industries électrique, nucléaire et gazière) et j'ai été recruté le 1er juin 1964.

J'ai fait ce choix car il m'était proposé la perspective de promotion interne, la garantie de l'emploi, et de nombreux avantages sociaux gérés par la CCAS (caisse centrale d'activités sociales.)

Dans une période où les services publics sont parfois critiqués, accusés d'emploi de favorisés, je précise que j'ai fait ce choix pour un salaire d'embauche de 450 francs, bien inférieur aux 800 de la quincaillerie Morel sur place à Villefranche-sur-Saône.

Chaque jour, je devais prendre le train de 6 h 10 pour me rendre à la gare de Lyon Perrache, puis de rejoindre à pied le quai Rambaud. Je me levais chaque jour à 5 h le matin.

J'ai fait ce trajet de juin 1964 à juin 1966 – date de mon mariage où ensuite j'ai séjourné à Lyon.

Après l'emploi de magasinier quai Rambaud au magasin général, je suis parti comme employé qualifié quai Pierre Scize, puis, sur postulation, je fus muté au service prestations de la CM CAS (Caisse mutuelle d'activités sociales) rue Bellecombe à Lyon.

Durant cette période, j'ai suivi l'école des décomptes de la sécurité sociale, diplôme que j'ai obtenu en juillet 1968 et qui me donnait accès à un poste d'agent de maîtrise comme décompteur de prestations sociales.

J'indique, que j'ai pris ma première carte syndicale en décembre 1965, ceci, après avoir été titularisé comme statutaire au sein des IEG. C'est la CGT qui reçut mon adhésion ! Pourquoi : je fis ce choix ?

Je dois dire que le représentant de la CGT quai Rambaud fut le plus insistant et persuasif. Mon père était un modeste ouvrier et ma mère confectionneuse : je n'ai éprouvé aucune difficulté à entendre l'argumentation du cégétiste qui me fit lire des documents, et il m'indiqua que la CGT était la première centrale syndicale du pays en représentativité, et était celle qui défendait sans relâche les salariés.

En 1967, je fus invité à une remise de cartes du PCF (Parti communiste français.) À l'époque, je n'avais aucune attraction particulière pour ce parti. Mais, au cours de cette rencontre sympathique et festive, l'un des adhérents de ce parti à l'approche très humaine et chaleureuse sut me convaincre que l'engagement politique serait le prolongement naturel à celui syndical.

Survinrent alors, les événements de mai et juin 1968. Il avait été décidé par le syndicat d'EDF GDF que les employés de la CM CAS, tout en se déclarant grévistes, travailleraient ceci, afin de permettre à tous les agents de percevoir leurs prestations sociales durant la grève.

En effet à l'époque, le remboursement des prestations sociales du personnel des IEG était décentralisé, et qu'il n'est plus aujourd'hui.

Cependant un jour, durant une nuit, avec d'autres syndicalistes de la CGT, j'ai monté la garde au sein des locaux de l'union départementale du Rhône, et c'est durant cette nuit que, sur le pont Lafayette, un commissaire de police fut tué.

Au début du mois de mai 1968, je me suis rendu avec des jeunes syndicalistes lyonnais de toutes professions au festival de la jeunesse CGT à Pantin. Mais : ce festival fut annulé sur place, à la demande de Georges Séguy, le secrétaire général, au nom du bureau confédéral de l'organisation. Il nous fut demandé de rejoindre nos entreprises respectives pour participer à la grève générale dont l'ampleur était certaine.

2. A. Annexe
Mon séjour en Tchécoslovaquie en août 1968
et l'intervention des chars soviétique

Durant l'été 1968, les grèves terminées après les accords de Grenelle, je me suis rendu en congés en Tchécoslovaquie.

Je suis parti en car par une agence de voyages, et nous sommes passés par l'Allemagne et l'Autriche. Nous avons passé quelques jours dans les Tatras où le gibier était important.

Sur les pistes de ski (certes inoccupées l'été), on y voyait circuler des cerfs, biches, lapins, c'était magnifique !

Au retour, nous avons fait une halte à Bratislava. À l'aller, arrivant à Prague, il y régnait une ambiance spéciale à la fois pesante et déterminée. Dans les cafés, restaurants, la jeunesse tchèque criait à tue-tête : « Démocratisation, libéralisation. »

À l'hôtel à Prague, au sein duquel nous séjournions, lorsque j'ai demandé à notre interprète, si elle était contente ainsi que les habitants de ce pays soient dirigés par le parti communiste tchèque allié du parti communiste russe : j'ai ressenti une gêne ; elle ne m'a pas répondu franchement !

J'ai eu l'occasion de vérifier cette gêne lorsque notre hôtel reçut la visite ou présence forcée ? D'une forte délégation soviétique.

Alors membre du PCF, certainement doté d'une forte naïveté admirative du parti appelé celui du père des peuples malgré l'épisode stalinien que Nikita Kroutchev avait lui-même dénoncé lors du XXe congrès du PCUS en 1956, nous les communistes français, restions liés et respectueux du parti frère soviétique et son modèle de société.

Passionné pour le chant, admiratif des grandes œuvres russes, je me suis mis à interpréter plaine ma plaine et Katinka, et peut-être alors d'autres chants !

Les Soviétiques présents furent enchantés, ils vinrent me voir avec fierté, je leur fis constater que j'étais membre du PCF, mais à ma grande surprise, cela ne provoqua aucune attention particulière de leur part. Ils me jetèrent en l'air, démontrant que mon chant semblait plus les intéresser que mon appartenance au parti français.

Durant ce moment particulier, je découvris cependant, que le personnel de l'hôtel ou des clients tchèques, ne s'étaient pas mêlés à cet instant musical et qu'ainsi visiblement, ils n'appréciaient pas la présence et proximité des Soviétiques. Alors, cela m'interpellait mais sans plus, beaucoup plus tard, j'allais en saisir le pourquoi !

Quelques jours après cet épisode, les chars sont arrivés à Prague malgré les discussions en cours entre les deux partis frères et Alexandre Dubcek était à la tête du parti tchèque. Cependant, la force l'emporta malgré la réprobation internationale, dont celle par la voix de Waldeck Rochet, du parti communiste français.

Je me souviens de cette période dramatique ; le peuple tchèque ne comprenait pas pourquoi le parti frère utilisait la force et l'intimidation contre lui pour entraver le Printemps de

Prague, le processus de libération démocratique engagé ! Sa colère était prégnante : un jeune s'immola même par le feu.

Pour ma part, malgré mon respect alors pour le communisme soviétique je comprenais les Tchèques. Aurai-je été inquiété ?

Ce dont je me souviens est que l'une des employées de l'hôtel à mon retour d'une manifestation appela un taxi, et se rendit avec moi se cacher dans un bois près de Prague.

Ensuite, le surlendemain, notre car repartit pour la France. Sans doute très occupés par les péripéties de ce triste épisode, les Soviétiques avaient plus à faire que de s'occuper de ma petite personne, et j'ai pu rentrer au pays avec les autres voyageurs sans avoir de soucis particuliers.

3
Devenu en un jour dirigeant syndical interprofessionnel permanent mes responsabilités pour la jeunesse, puis pour d'autres fonctions

Les 5, 6 et 7 et 8 décembre 1968, j'ai participé au congrès de l'union départementale CGT du Rhône. J'avais été proposé pour ce congrès par le Syndicat EGF du centre de Lyon. Ceci, car au sein du congrès une séance était spécialement organisée sur le sujet des préoccupations de la jeunesse.

Le 6 décembre, je suis intervenu à la tribune du congrès en indiquant ma vision, ma façon de penser ; mais à cette époque, je n'étais qu'un jeune adhérent sans expérience particulière et au langage maîtrisé. Mon intervention fut bien reçue et le lendemain, quelle ne fut pas ma surprise lorsque le secrétaire général de l'UD accompagné des dirigeants du syndicat d'EDF GDF, me proposa de devenir dirigeant permanent chargé de l'activité en direction de la jeunesse.

Le congrès se terminant le 8 décembre, je ne disposais que d'une nuit pour décider de mon devenir en relation avec mon épouse. Le salaire proposé était le même que celui de mon entreprise. Ceci, car l'article 21 du statut national prévoyait le détachement syndical, ceci, tout en restant agent EGF avec le statut. J'ai donc accepté ! Certes, mon détachement fut plus compliqué que prévu, car le directeur lyonnais de l'époque refusa mon détachement, ce qui était contraire au statut national et me compliqua l'existence.

Les instances nationales sollicitées et constatant l'anomalie ma situation fut régularisée durant l'année 70. La vie syndicale a aussi ses péripéties. Étant détaché dans une structure interprofessionnelle, et non strictement professionnelle, les camarades du syndicat m'oubliaient quelque peu. Alors, que durant mon détachement mon évolution de carrière pouvait être basée sur celle d'autres agents disposant de caractéristiques similaires, ma liste d'homologues comparatifs ne fut élaborée qu'en 1977, ce qui retarda mon évolution.

J'avais cependant cette chance contrairement aux collègues du secteur privé de pouvoir conserver mon emploi garanti au sein des IEG.

Désigné Secrétaire du centre départemental de la jeunesse, je le fus également comme membre du bureau national du centre confédéral de la jeunesse de 1970 à 1973. J'étais d'ailleurs présent à Paris lors de la création de ce centre confédéral remplaçant l'ancienne commission nationale de la jeunesse.

Durant cette période, j'ai participé à diverses délégations à l'étranger : en République démocratique allemande en 1970 et 1971, où nous étions bien accueillis, mais où tout était contrôlé.

Je n'ai jamais pu visiter une entreprise, et avoir un échange direct avec les salariés. J'ai connu la même attitude en Bulgarie et en Roumanie, où il me fut refusé une visite d'entreprise avec débat avec les employés. J'ai également participé à une délégation confédérale se rendant à Bruxelles au sein de l'Union européenne pour y rencontrer un responsable européen chargé des questions sociales, mais notre voix avait peu d'impact.

À vrai dire, la délégation qui reçut le plus mauvais accueil l'a été dans l'Espagne franquiste en 1971.

Alors que nous rendions visite aux représentants des Commissions ouvrières d'Espagne, avertie de notre venue et par qui ? La police franquiste nous attendait à l'arrivée de l'aéroport et manu militari, nous fûmes reconduits vers un départ pour la France.

J'ai quitté mes responsabilités syndicales envers la jeunesse en 1973. Ensuite, j'ai occupé diverses fonctions au sein de la CGT dans le Rhône : l'organisation, l'action revendicative, la presse confédérale, l'économie et j'ai terminé par la responsabilité de l'éducation.

En 1973, je me suis retrouvé seul avec la traductrice alors que nous devions être plusieurs afin de me rendre au congrès régional des jeunes du DGB (région de Francfort) la centrale syndicale allemande) au sein de l'ancienne République fédérale allemande avant la réunification avec la RDA. C'est Louis Viannet lorsque Secrétaire régional Rhône-Alpes de la fédération CGT des PTT, qui avait noué des liens avec la centrale allemande. Bien plus tard, il deviendra Secrétaire général de la CGT. J'ai été vivement applaudi lorsqu'à la tribune de ce congrès, j'ai appelé à une Europe des travailleurs et non à celle du capital.

En 1979, avec un ami de l'UD aujourd'hui décédé, je m'étais rendu au congrès régional de la centrale syndicale italienne CGIL pour la région lombarde. Les Italiens étaient surpris par ma voix française qui interprétait leurs classiques napolitains. Hors la saison d'opéra, ils avaient retenu la prestigieuse salle de la Scala de Milan pour offrir à leurs adhérents un spectacle et c'est le Chorégraphe français Maurice BÉJART qui avait la vedette. Invité à me rendre sur scène au préalable, j'ai interprété dans ce lieu prestigieux : Nessun Dorma de l'opéra de Puccini ; Turandot !

J'ai dirigé 3 stages de niveau supérieur d'une durée d'un mois destinés aux cadres syndicaux de la centrale. J'aimais beaucoup cette activité, et cette expérience me servit ultérieurement lors de mon retour en 1985 au sein des IEG. En effet, après avoir occupé de 1969 à 1985, divers mandats syndicaux, arrivant aux 40 ans, j'ai pensé que c'était le moment de reprendre une activité professionnelle classique, ceci, car je n'envisageais nullement de rester permanent syndical jusqu'à l'âge du départ à la retraite.

La CGT m'avait proposé de venir travailler sur Paris au centre d'éducation confédéral ou dans un organisme associatif de recherches créé par la centrale. Malgré tout, je n'étais pas tenté par la vie parisienne et j'ai renoncé à ces perspectives.

Relativement au mouvement syndical d'aujourd'hui, alors que le taux de syndicalisation des salariés toutes centrales confondues est de 10 %, il faut donner une vigueur nouvelle au dialogue social.

Avec l'existence de la FSU qui s'est substituée à l'ancienne FEN, celles de l'UNSA et de SUD… L'affaiblissement du mouvement social nuit à la démocratie sociale.

L'adhésion au syndicat de son choix devrait devenir obligatoire !

De nos jours, les moyens modernes de communication : internet, smartphone… permettraient de respecter l'indépendance syndicale sans passer par le prélèvement sur la feuille de paie qui implique l'employeur. Des dispositions particulières après négociation nationale entre les syndicats et le gouvernement pourraient impliquer le ministère du Travail, les Mairies, ou une administration pour la communication des coordonnées et contacts possibles des interlocuteurs syndicaux.

Les informations syndicales, les moyens financiers nouveaux qui résulteraient de ce choix permettraient d'élever le niveau de conscience sociale des salariés, ce qui faciliterait la participation à la vie de l'organisation choisie.

La syndicalisation des sans-emploi a toujours été difficile. Le montant de leur cotisation avec ces conditions nouvelles pourrait-être symbolique, les services de l'emploi sans incitation de choix, pourraient disposer de bulletins informant des coordonnées de chaque structure syndicale locale, professionnelle et interprofessionnelle à présenter à chaque sans-emploi dans le respect de la liberté de choix. Tout abus ou pression étant susceptible d'une pénalisation par une juridiction spécialisée.

4

L'arrivée au pouvoir de François Mitterrand en 1981 « espoir puis déception »

En 1981, François Mitterrand a été élu président de la République. L'arrivée au pouvoir d'un socialiste présidant un gouvernement d'union de la gauche avec 4 ministres communiste était un événement considérable.

Ce verdict des urnes provoqua à la fois un immense espoir populaire parmi les couches sociales les plus modestes mais aussi : des craintes parmi les milieux d'affaires et certains gouvernements à l'étranger comme aux États-Unis.

Le mouvement syndical avait pris des attitudes différentes avant l'élection. La CGT qui avait soutenu le programme commun signé en 1972 entre les partis de gauche avait soutenu celui-ci et il y eut l'échec des négociations en 1977 lors des discussions entre partis de gauche pour sa réactualisation.

La CFDT et la FO notamment furent plus réservées selon leur conception de l'indépendance syndicale malgré alors la présence de nombreux adhérents socialiste en leur sein.

Effectivement jusqu'en 1983, les réformes dites de gauche furent mises en œuvre. Mais ensuite, un virage gestionnaire se produisit : les ministres communistes quittèrent le gouvernement en 1984, Laurent Fabius remplaça Pierre Mauroy comme Premier ministre.

Malgré tout, même si la déception et le mécontentement commençaient à s'exprimer dès 1983 dans le monde du travail, le constat était celui d'une certaine paralysie revendicative ! La CGT à l'échelon interprofessionnel, comme les fédérations syndicales professionnelles ont tardé à analyser la situation.

Il fallut attendre 1984 pour que la CGT retrouve pleinement ses capacités revendicatives.

Je dis ceci : non pour dire que la CGT était totalement alignée sur l'attitude du PCF, ce qui est caricatural. Cependant, il était vrai que les communistes étaient les plus nombreux dans les postes de direction au sein de la CGT.

Certes, jusqu'aux années 90, il était courant que le secrétaire général de la CGT d'un département s'il était communiste, ce qui était généralement le cas participe également au bureau fédéral du PCF.

Ayant de mauvaises relations à la fin des années 80 avec Georges Marchais, le secrétaire général du PCF de cette période, Henri Krasucki, alors secrétaire général de la CGT commença à prendre quelques distances et à défendre l'autonomie de la CGT lors d'un comité central de ce parti. Mais : c'est Louis Viannet, qui lui succédera à la tête de la CGT, qui mis fin à la présence du secrétaire général de la CGT au sein du bureau politique du PCF.

De nos jours : Philippe Martinez, l'actuel secrétaire général de la CGT n'est pas, plus membre du PCF et d'ailleurs c'est la France insoumise le mouvement politique crée par Jean-Luc Mélenchon, qui lui dispute la suprématie de la représentation des milieux populaires.

Si en 1983, la déception s'installa parmi le monde du travail, me concernant, j'ai pu bénéficier d'une disposition qui fut mise en œuvre par Anicet LE PORS, alors ministre de la Fonction publique.

En effet, la création d'une 3e voie de l'ENA (école nationale d'administration) fut promulguée par le ministre. La possibilité fut offerte aux dirigeants syndicaux, politiques, associatifs, de se présenter directement au concours d'entrée de l'ENA.

Proposée en juin 1983, l'IEP de Paris proposa une préparation au concours, mais celui-ci se déroulait en septembre ! Compte tenu de mon niveau d'études de départ, ce délai était bien trop court !

Malgré tout, j'ai pu découvrir les techniques de présentation orale et surtout : le savoir-faire pour rédiger les notes de synthèse et les dissertations. De Grands Intellectuels comme Odon Vallet, Pierre Milzza, Michel Winock, Renaud Vidal, etc. M'apportèrent des connaissances inestimables.

Cependant en septembre 1983, j'ai manqué l'admission pour un point et demi.

J'ai donc à nouveau, présenté par la CGT, tenté ma chance en 1984 avec cette fois une préparation au sein de l'IEP de Grenoble.

Mais cette année-là, me concernant, il s'est passé un incident que je ne veux pas conter, provoqué par une erreur de jugement des responsables de la CGT qui étaient chargés de notre présentation au concours et qui eut son incidence sur ma préparation. Afin de ne pas déclencher une polémique inutile sur une situation bien réelle qui serait cependant certainement contestée, je n'en parle pas !

Mais dans ces conditions, mon admission devenait impossible !

Certes, Émile Poulat, le grand sociologue des religions, cofondateur en 1954 avec Gabriel Le Bras du groupe de sociologie des religions au CNRS, et Directeur d'études au sein de l'EHESS (école des hautes études en sciences sociales), m'indiqua : « N'ayez aucun regret, votre profil ne se serait pas acclimaté du formatage de la haute fonction publique… »

Malgré tout, mon épouse fut très déçue ! Pour elle, il s'agissait d'un déroulement de carrière inespéré. Elle nous voyait déjà dans cette magnifique sous-préfecture d'Arles… Hélas, je suis désolé pour elle et mon fils.

À mon actif : tous les acquis de sciences politiques ne furent pas vains. Réintégrant les IEG (industries électrique, nucléaire et gazière en avril 1985), j'ai sollicité, et obtenu le droit au concours interne pour l'accession au collège, cadre pris en charge par nos établissements au sein d'une université.

J'ai opté pour le concours administratif, et au niveau national, j'ai obtenu la meilleure note des candidats.

Mes entraînements dans les IEP en préparation de la troisième voie de l'ENA permirent ce résultat.

J'ai d'abord initialement suivi une formation préparatoire à la maîtrise des sciences sociales du travail au sein de l'Université Jean Moulin à Lyon, puis j'ai été dirigé et accepté au sein de l'Université des sciences sociales de Grenoble pour la préparation d'un DESS de gestion des ressources humaines option économie de l'éducation. Terminant premier de ma promotion pour ce diplôme, j'aurais pu préparer une thèse de doctorat, mais je n'ai pas retenu cette possibilité.

5
Mon expérience du dialogue avec les représentants des grandes religions pour le PCF… puis ma démission de ce parti et ses raisons en 1987

Avant de poursuivre mon parcours professionnel à la suite de mes études universitaires, je souhaite aborder dans ce chapitre mon expérience particulière du dialogue avec les membres en responsabilité ou de simples pratiquants des grandes religions universelles.

En 1978, j'ai participé à Bagnolet à une rencontre organisée par la Revue Brèches. Des personnalités chrétiennes et des représentants de mouvements catholiques ont interpellé le PCF s'agissant de sa politique à l'égard des chrétiens.

Les interventions d'Antoine Casanova, de Lucien Sève, d'André Moine, de Félix Damette m'intéressèrent et cela, en toute indépendance par rapport à mes responsabilités syndicales, j'ai accepté de prendre la responsabilité pour le PCF dans le Rhône du dialogue avec les représentants des religions.

Je dois dire que j'ai accompli cette mission avec beaucoup de sérieux, de respect et d'envie.

J'ai essayé loyalement et sincèrement de comprendre les motivations et engagements des interlocuteurs que je rencontrais.

J'ai occupé cette fonction de 1978 à 1987, la date de mon départ définitif du PCF, dont j'exposerai les raisons ultérieurement.

Je me demande, si les différentes églises ont connu un responsable politique ayant consacré autant de temps à les connaître et tenter de les comprendre ? Évêques, prêtres, pasteurs, représentants des divers mouvements d'action catholique, religieuses, théologiens, sociologues, philosophes, directeurs de revues, journalistes... Durant ces 10 années, j'ai consacré des centaines d'heures à dialoguer. Monseigneur Albert Decourtray Cardinal primat des gaules, qui fut Président de la conférence épiscopale des évêques de France et membre de l'Académie française me traitait en ami.

Ma première rencontre avec lui le fut relativement à l'affaire du syndicat solidarisnoc en Pologne et au risque d'intervention militaire soviétique ou je devais tenter de le convaincre que l'attitude du régime polonais était la meilleure approche pour éviter de mettre de l'huile sur le feu. Lors de notre discussion, lui comme moi, sans le préciser ouvertement constatèrent l'absurdité de ma mission et notre dialogue prit une autre tournure.

Également, je fus sans doute le premier et seul communiste à me rendre dans une communauté de contemplatives pour comprendre les raisons de leur vie recluse et de leur adhésion au Christ. Je fus accompagné par Jean Latreille prêtre, fils du célèbre historien du catholicisme social, l'un des chrétiens qui consacra avec patience beaucoup de temps à m'écouter, et à partager et qui devint un ami.

À l'époque, je n'avais pas à chercher loin mon attrait pour la spiritualité. Ma mère de descendance italienne était de confession catholique. Personnellement, mon adhésion au PCF l'était surtout pour l'engagement en faveur des plus démunis et pour l'alliance avec les intellectuels.

Le PCF a eu en son sein ou comme compagnons de route d'illustres personnalités du monde littéraire, de la science et des arts.

Je n'ai jamais pratiqué l'athéisme militant. Certes, le PCF estimait qu'il y avait une incompatibilité théorique de conciliation entre le matérialisme philosophique intégral et la foi religieuse (l'idéalisme philosophique).

Il a été beaucoup discuté de la formulation de Marx, extraite de toute une réflexion relativement à la religion comme opium du peuple. Cependant, comme en avaient convenu lors d'une rencontre au domicile de Jean Lacroix, cours Lafayette à Lyon, la philosophe marxiste Michèle Bertrand, et Jean Lacroix lui-même, philosophe personnaliste chrétien qui tint de 1950 à 1980 la rubrique philosophique au sein du grand quotidien « le Monde » cette formulation fut inspirée par un commentaire d'Emmanuel Kant à propos de la religion.

Celui-ci, à propos de la fin de vie, lorsque le mourant était entouré par les siens à son domicile sur son lit assimilait un antalgique pour abréger ses souffrances et Kant faisait cette analogie à propos du rôle de la religion et de son apport.

Le parti communiste lui-même n'échappait pas à ses contradictions. La philosophe Michèle Bertrand dans les cahiers de recherches de l'IRM (Institut de recherche marxiste) mentionnait que le sentiment religieux fait partie de la constitution même du sujet. Enfin, Lucien Sève, pour moi le philosophe marxiste le plus conséquent, qui fut même durant toute une période le seul philosophe membre du Comité national consultatif d'éthique dont le président était le scientifique Jean Bernard, a écrit en 1980 dans son ouvrage fondamental « Une introduction à la philosophie marxiste » à propos de la foi religieuse et de sa relation avec le matérialisme philosophique de la possibilité historique d'un vécu commun assimilé comme une contradiction non antagonique.

La situation la plus paradoxale d'un vécu que certains appellent la double existence philosophique a été celle de mon ami le philosophe dominicain Jean-Yves Jolif !

Jean-Yves est décédé prématurément en 1979 d'un cancer de la lymphe. Très pris par ses activités, il négligeait sa santé.

Il était capable de faire une présentation du marxisme lors de sessions de prêtres ouvriers et de religieuses salariées en France et en Belgique. Mais : il pouvait également enseigner le traité sur la grâce au sein des facultés catholiques. Il avait rédigé la première partie de son ouvrage fondamental « comprendre l'homme ». Il est mort avant d'avoir pu rédiger le second tome.

Peut-être, avec la parution de ce second volume aurions-nous pu mieux comprendre les portées spirituelles, théoriques et pratiques de certains types d'engagements ?

J'ai également connu le couple de philosophes : Jean-Yves marxiste ; et Dominique son épouse philosophe chrétienne engagée au PCF. Elle vivait son engagement communiste comme un surcroît de sens, dont le postulat était chrétien.

J'ignore aujourd'hui quel a été leur cheminement depuis les années 80.

Pour en revenir à mon parcours, comment expliquer qu'en septembre 1984, dans le quotidien national « l'humanité » mon ouvrage « Les chrétiens et les défis du troisième millénaire » soit le sujet d'une véritable démolition ? Ceci, alors que j'étais en responsabilité sur le sujet !

Certes, il s'agissait du contexte où les ministres communistes avaient quitté le gouvernement en désaccord avec la politique socialiste suivie. Mais également, il y avait des tensions, des débats internes entre intellectuels et la direction au sein du PCF.

Démoli dans le quotidien l'Humanité, je reçus un accueil plus favorable dans l'hebdomadaire « Révolution ».

Enfin, après la situation en Afghanistan et la politique soviétique laquelle insistait sur la lutte des classes à l'échelle internationale, un certain raidissement idéologique se fit jour.

Cependant, par son rédacteur, il a fallu oser dire que je caricaturais les chrétiens, ceci était contraire et démenti par tous mes dialogues qui rencontraient le respect et une certaine sympathie par les personnalités chrétiennes, lesquelles y compris préfaçaient mes livres.

Monseigneur Ancel, ancien évêque auxiliaire à Lyon qui fut responsable de la commission épiscopale pour le monde ouvrier avait recensé mon premier livre pour le quotidien « La Croix » mais il ne fut pas publié ! Cependant, divers revues et journaux catholiques et protestants ont recensé mes ouvrages. Ceci, de même que les archives sociales des religions du CNRS.

L'ouvrage démoli en 1984 bénéficiait de contributions inédites. Une préface d'André Moine personnalité communiste engagée dans le dialogue et d'une double postface, réalités totalement inédites dans l'ouvrage d'un communiste, celle d'Hugues Puel, économiste dominicain inspiré par François Perroux, et qui fut directeur d'Économie et humanisme, mais aussi celle du grand théologien protestant de dimension internationale : je veux citer Georges Casalis !

Dans d'autres ouvrages, Jean Lacroix précédemment cité, François Fournier jésuite, directeur de la revue « Cultures et Foi » ; Edmond Vandermeersch, frère de la célèbre religieuse spécialiste de l'éducation qui participa à la rédaction des documents relatifs à l'éducation lors du Concile Vatican II, Émile

Poulat, le grand sociologue des religions s'engagèrent dans mes ouvrages.

J'ai eu également des contacts avec le professeur Baddre Lahneche, de confession musulmane, qui était chef de clinique au centre anticancéreux Léon Berard. De même avec le professeur Chirane, lorsqu'il était à la grande mosquée de Paris avant de devenir le mufti de la grande mosquée de Lyon. Aussi j'ai eu un contact avec le grand rabbin régional pour un livre et avec des personnalités du CRIF, dont David Gamrasni.

Me trouvant désavoué au sein du PCF malgré l'intense travail fait pour lui, fut un coup trop insupportable pour moi, mais il me fallut près de 3 ans pour m'en remettre !

Depuis, si je reste sensible à l'option préférentielle pour les plus démunis, si je clame partout le respect des droits et devoirs humains dont la paix, l'écologie, le développement durable, le respect des différences de culture, sexe, je ne suis plus membre d'un parti politique conservant jalousement ma liberté de parole et d'actions.

Cependant, je ne suis pas devenu anti-communiste pour autant ; j'ai apprécié le style de la candidature de Fabien Roussel lors de l'élection présidentielle française en avril 2022. La maire communiste de la ville de Vénissieux où je réside, madame Michèle Picard, a préfacé mon essai volume II sur la pandémie et ses incidences sociétales.

Retraité, je conserve un lien avec la CGT au sein de laquelle je suis adhérent de l'union fédérale des retraités de ma branche d'industrie.

6
Retour au sein de l'entreprise publique Mes formations et le passage du niveau cep au troisième cycle universitaire

J'ai réintégré les établissements EDF GDF le 1er avril 1985. J'étais encore sous le choc de mon expérience de mon expérience littéraire. Les Éditions Sociales refusaient de publier mes ouvrages de crainte d'une conciliation théorique possible entre le marxisme et la foi religieuse. Le journaliste Jean Etévenaux l'avait compris car en 1984 ou 85, il avait posé la question dans le Journal Rhône-Alpes lors de sa recension de mon ouvrage « Les chrétiens et les défis du IIIe millénaire. » En 1984, le directeur des Éditions du Centurion m'avait précisé les raisons de son refus de publication. J'étais un homme sympathique, sincère, engagé dans le dialogue. Cependant, s'il me publiait, ceci aurait donné à penser parmi ses lectrices et lecteurs chrétiens que la position réelle du PCF était identique à ce que je proposais, ce qui selon lui était loin d'être la réalité ! Avec le recul du temps, il avait sans doute raison !

Affecté au service ressources humaines au centre de distribution mixte de Lyon devenu ensuite Lyon métropole, il me fut confié par le chef de centre la responsabilité de faire une étude sur l'application des lois appelées Auroux du nom du ministre socialiste d'alors, et notamment du fonctionnement des groupes d'expression des agents au sein de l'unité, puis de la nouvelle approche en CAB (Conseils d'atelier et de bureau.)

Nul ne doute qu'il souhaitait bénéficier intelligemment de mon expérience d'ancien dirigeant syndical et il avait certainement raison. Il savait, que j'avais publié des ouvrages de dialogues ce qui constituait l'assurance d'une certaine rigueur et honnêteté intellectuelle.

J'ai donc réalisé cette étude, interrogé les divers acteurs de la direction et des organisations syndicales, et mon travail achevé est devenu document national, avant d'être édité en livre. La direction régionale de l'époque commanda des exemplaires qu'elle offrit à tous les centres de distribution.

J'ai indiqué dans un chapitre précédent les conditions de ma formation et de ma réussite pour l'obtention d'un DESS de gestion des ressources humaines (option économie de l'éducation).

Après l'obtention de mon diplôme en juin 1987, je suis resté quelques semaines au sein du centre de Lyon, puis, j'ai été affecté étant donné l'obligation de mobilité pour un premier poste de cadre en septembre, au sein du centre de Chalon-sur-Saône en Bourgogne du sud. Je dois dire d'ailleurs qu'aucun de mes anciens camarades de l'UD CGT ne me téléphona pour me demander si les conditions de mon retour à la vie professionnelle n'étaient pas trop difficiles ?

Je dois préciser à ce stade que lors de ma période d'activité de 1985 à 2002, j'ai eu affaire à 2 types de dirigeants d'entreprises.

Ceux de profil technique : SUPELEC, Centrale, ou autre école d'ingénieur qui avaient de la difficulté à comprendre un profil humaniste poétique et philosophique comme le mien.

Sinon, d'autres qui, a contrario, vivaient ma différence comme une richesse et qui utilisaient au mieux mes capacités au service des deux entreprises : EDF et GDF. Ce fut le cas du directeur du centre EGS de Bourgogne du Sud. En règle générale, je conserve un souvenir agréable de la Bourgogne. Des personnes chaleureuses, et au sein de cette unité, j'ai appris les tâches administratives et fait profiter à celles-ci de mes expériences en matière de formation. J'étais sans doute, l'un des meilleurs spécialistes de l'entreprise relativement aux techniques du travail en groupe.

À l'époque, il était beaucoup discuté des méthodes managériales venues d'Allemagne, d'Amérique du Nord et du Japon. Au sein de ce centre, même les responsables syndicaux toutes centrales confondues ont bénéficié de mes formations.

À celles et ceux qui parmi les syndicalistes craignaient les risques d'intégration au management et donc de collaboration avec les directions, je rétorquais : que tout dépend de l'utilisation qui est faite de ces techniques. Les savoir-faire et savoir-être restent des possibilités ! Ensuite, tout dépend de la finalité recherchée pour leur utilisation.

Après deux années passées au centre de Bourgogne du Sud, je fus réintégré en région lyonnaise ou successivement, j'ai occupé les fonctions de cadre études, puis de cadre-conseil-formation.

Malgré quelques difficultés rencontrées avec un responsable régional du service de la formation professionnelle qui n'aimait pas mon profil d'ancien cégétiste, et qui ne me convoquait jamais lorsque je postulais un poste au sein de ce service, malgré mon diplôme et mon expérience, finalement j'ai obtenu une mutation.

Je fus employé pour 3 services différents : Le SFP (service de formation professionnelle) à Paris la défense secteur recherche-développement-métiers, à la DPRS (Direction du personnel et des relations sociales) secteur réglementation du travail et affaires sociales, et en partie pour le centre de Lyon métropole.

Cependant, suite à la suppression en 1998 des 2 services cités pour cause de réorganisation, je suis revenu travailler en partie pour le groupement de centres du sud-est (l'ancienne direction régionale), et pour le service national des ressources humaines d'EDF GDF services à Paris la défense.

Pour ces deux structures, je faisais des enquêtes sur le climat social, et ce auprès des représentants syndicaux nationaux et régionaux des diverses organisations syndicales des deux établissements.

C'est durant la période 1998/2002, que détaché à temps partiel par le centre Lyon métropole j'ai apporté ma contribution au sein de la Fondation Entreprise et Réussite scolaire.

7
Mon expérience de formateur au sein de la fondation entreprise et réussite scolaire… et la fin de mon expérience au sein du self Salarié le jour, Écrivain la nuit

Détaché à temps partiel de 1998 à 2002 au sein de la Fondation Entreprise et Réussite Scolaire, je dois indiquer que déjà depuis 1991 j'avais reçu des enseignants du secteur primaire en formation dans l'entreprise pour certaines formations.

C'est Michel Noir, l'ancien maire de la ville de Lyon qui passionné par la problématique de l'éducation eut l'idée de créer cette Fondation. Il s'entoura pour cela, des compétences d'un polytechnicien créatif, ayant la même passion : je veux désigner par-là Bernard Houot qui devint le délégué général de la Fondation.

Cette Fondation créée le fut en partenariat avec 23 grandes entreprises de l'agglomération lyonnaise. Elle disposait d'un conseil scientifique, et elle obtint le soutien des ministères de l'Éducation nationale, de la Culture, et d'un troisième ministère, mais je ne me souviens plus s'il s'agissait du ministère de l'Industrie ou de l'Intérieur. Le président de la Fondation était un dirigeant d'entreprise choisi par le Conseil d'administration.

Entre 1991 et 2002, j'ai formé 350 enseignantes et enseignants de l'agglomération lyonnaise, ce que confirme mon bilan à la Fondation établi par ses représentants en fin d'ouvrage parmi d'autres témoignages et reconnaissances. Mes formations concernaient la communication, le travail en groupe, la gestion du temps, celle des crises et conflits, et l'introduction à la thérapie sociale.

À l'aide d'un jeu de communication appelé Ludicom, crée par le service de la formation professionnelle d'EDF-GDF, je l'utilisais pour déceler les préférences cérébrales des enseignants. Connaître : s'ils étaient plus à l'aise avec la logique, les mathématiques, sinon plutôt par la créativité littéraire et artistique.

Ceci, en tentant de leur faire réaliser des figures à l'aide de pions magnétiques sur un support avec un modèle à réaliser.

Les enseignantes et enseignants découvraient que selon le type de langage utilisé, ils étaient plus ou moins à l'aise selon leur fonctionnement et ce constat modifiait leur jugement relativement leur perception de certains élèves.

Ils répercutaient le jeu auprès de leurs élèves et celui-ci à sa modeste manière permettait de déceler les préférences de leurs élèves, et pouvait constituer un encouragement à valoriser leurs points forts et à aider les efforts à consacrer pour améliorer leurs points plus faibles.

Je dois ajouter que durant toute mon activité de syndicaliste, puis lorsque de retour dans l'entreprise, j'ai aussi rédigé et publié des ouvrages. Si avec ce livre, j'en serai à 32 livres publiés entre1980 et 2018 avec ce dernier ouvrage (dont 18 essais de société et 14 recueils poétiques), de 1980 à 2002, date de mon départ en inactivité de service, j'ai rédigé, et publié 16 ouvrages. Lors de l'édition de mon premier livre par l'éditeur l'Harmattan, ce dernier avait établi un contrat ou je n'obtenais rien sur le premier mille. S'agissant du bonheur d'éditer un premier livre, ce sentiment l'emportait sur l'aspect financier qui n'était alors pas ma priorité.

Cependant, apprenant l'existence du SELF (Syndicat des écrivains de langue française), inspiré en partie par le regretté philosophe François Châtelet, j'ai adhéré à ce syndicat et ensuite je suis devenu le correspondant pour la région Rhône-Alpes de 1985 à la fin des années 90, correspondant à la disparition du syndicat. J'ai appris alors le rôle de l'AGESSA (Association pour la gestion et la sécurité sociale des auteurs.) Également, celui du SNE (syndicat national de l'édition) et du CPE (conseil permanent des écrivains.)

Ce syndicat œuvra pour l'adaptation audiovisuelle des œuvres, la retraite complémentaire des auteurs, le respect du contrat d'édition et la suppression de certaines clauses abusives comme la passe et la création d'un organisme de gestion collective des auteurs (SOFIA.)

Yves Frémion, écrivain, était l'un des animateurs du SELF, il fut un temps député européen, et il œuvra au sein du Parlement européen pour des améliorations collectives. Présentement, j'ai découvert qu'il siège au sein du conseil d'administration de SOFIA.

Comme d'autres, il avait été ulcéré face à cette découverte que les écrivains ont été les derniers à avoir droit en 1977 à un régime de sécurité sociale. Nous avons également proposé la création de la maison des écrivains, mais à mon grand regret pour une part pour des questions de budget à lui consacrer, le service auteurs-éditeurs initialement prévu pour aider les auteurs à trouver un éditeur fut abandonné ! Peut-être que les éditeurs y voyaient une sorte d'atteinte à leur libre décision ?

Le syndicalisme des écrivains a vécu, ceci car contrairement aux salariés pour lesquels la syndicalisation est déjà difficile, il n'y a pas une conscience collective. L'écrivain : seul devant sa feuille de papier et/ou son micro-ordinateur c'est sa publication, et sa diffusion qui le motive, et bien entendu, s'agissant de quelques dizaines d'auteurs vivant exclusivement ou quasi uniquement de leurs œuvres, le niveau de leur revenu est une préoccupation.

Je reviens à mon parcours : je me souviens à maintes reprises avoir écrit à Jack Lang, qui a été ministre de la Culture puis de l'Éducation nationale au sein des gouvernements socialistes. Il en a été de même en une circonstance auprès de Simone Veil lorsqu'elle était présidente du Parlement européen.

Hélas, je le regrette présentement, je n'ai pas conservé la lettre de Simone Veil, en effet, je ne suis pas un collectionneur de trophées ou de reconnaissances.

Tous mes titres ou distinctions sont entassés dans une armoire lorsqu'ils sont l'aspect d'un parchemin ou d'une médaille, et empilés dans un classeur lorsqu'il s'agit d'un format classique.

Mais la lettre de Simone Veil, je m'en souviens, malgré sa brièveté, avait un style particulier. Elle exprimait un savoir-être inhabituel dans les lettres officielles. Une personnalisation qui révélait un caractère et une position claire et nette.

Jack Lang devait se souvenir de moi, car, lorsque j'ai quitté la Fondation, il m'adressa une lettre de remerciements pour ma créativité et disponibilité.

Très pris en journée par mes activités syndicales, puis dans les entreprises, je n'avais pas le temps de rédiger mes ouvrages durant la journée. C'est donc durant mes congés et en soirée que je m'attelais à la tâche.

En 2000 : la chaîne régionale de télévision « TLM » avait réalisé un reportage à mon sujet : « Salarié le jour, écrivain la nuit ».

Si mes 2 premiers ouvrages publiés lorsque j'étais communiste « un communiste rencontre des catholiques » et « Les chrétiens et les défis du IIIe millénaire » obtinrent un succès médiatique non négligeable, ils étaient loin néanmoins d'être les meilleurs parmi mes publications. Cependant, cette sorte de voyage parmi les religions s'est conclu en 1995 par la publication du livre chez l'éditeur lyonnais Aléas éditeur par la publication de l'essai « Religions et société quelle perspective pour l'humanité », livre qui concernait l'ensemble des religions monothéistes et les autres.

Bernard Pivot, en 1982, présenta mon premier livre à la fin de son émission et l'offrit à Jean Ferniot, éditorialiste à RTL. Antoine Spire dans l'émission panorama de France culture consacra un débat critique avec un autre interlocuteur à mes 2 premiers ouvrages.

Henri Fesquet dans le quotidien *le Monde* le jour de Noël 1981 consacra une demi-page à mon premier livre.

Des articles remarqués se trouvèrent dans les pages de maints journaux : témoignage chrétien, dans des revues en France Belgique, Suisse… Les archives des sciences sociales des religions du CNRS et la maison des sciences de l'homme les recensèrent. Bien entendu, la presse régionale du Progrès à France 3, y furent sensibles et s'agissant du second livre : Folco Rozan pour l'ARALD en signala la nouveauté et l'originalité. Des personnalités des religions s'engageaient dans le livre d'un communiste. Présentement, mes réalisations littéraires, et ce, depuis la fin des années 90 ne concernent plus le marxisme et son dialogue avec les religions = sujet : dont la réalité actuelle du PC français élimine l'actualité !

Actuellement, mes essais de société rédigés le sont sous la forme de recueils poétiques et d'essais de société traitant de l'humanisme en mouvement articulé autour des problématiques des droits et devoirs humains. Dans ce cadre, bien entendu : les préoccupations liées à la paix, la recherche de symbiose avec la nature, la lutte contre la pauvreté et les fléaux de société, dont ceux du racisme, de l'antisémitisme, sont au centre de mes réflexions.

Ma rencontre avec les valeurs proclamées par l'UNESCO a orienté mes recherches et réalisations depuis la fin des années 90.

Relativement à mes écrits poétiques : ce sont les interviews réalisées par le regretté Louis Muron pour radio Fourvière, qui furent pour moi les plus stimulantes. Durant les années 70 à 90, le quotidien lyonnais : le Progrès disposait avec Paul Gravillon d'un journaliste qui suivait régulièrement les parutions littéraires et qui honorait les auteurs de ses recensions rédigées avec beaucoup de soin, de rigueur, et d'honnêteté intellectuelle.

8
Ma nomination comme messager de la culture de la paix en 2000… celles de lauréat des académies européenne et mondiale de la culture et des arts en 2001 et 2002

Du fait de mes activités syndicales et politiques, j'étais concerné par les actions pour la paix et alors, le mouvement pour la paix constituait la structure la plus connue des militants de nos affiliations ; comme plus tard, l'appel dit des 100 personnalités du monde syndical, politique, artistique, scientifique, littéraire dont le premier président fut Georges Séguy, l'ancien secrétaire général de la CGT de 1967 à 1982.

Malgré tout, du fait de mes relations avec les mouvements chrétiens, j'ai pris connaissance de maintes structures associatives dont l'objectif était la paix, la lutte contre l'abolition de la torture la faim et pour le développement, etc.

Par le hasard de la lecture d'un mensuel bouddhiste, je pris connaissance du concept de révolution humaine spirituelle popularisé la première fois par l'éducateur japonais Joseï Toda. Son disciple : Daisaku Ikeda reprit le concept et depuis 1983, il adresse chaque 26 janvier sa proposition pour la paix au secrétaire général de l'ONU. Méconnu en France à part des éditeurs et les bouddhistes et des intellectuels, malgré une conférence magistrale faite en 1989 au sein de l'Institut de France, voire critiquée par des médias, j'ai appris incidemment qu'il est la personne au monde ayant reçu le plus de titres de Docteur honoris causa ou de Professeur honoraire : 350 émanant de diverses universités, académies, Instituts de par le monde et un nombre encore plus élevé de titres de citoyen d'honneur de villes.

Tout ce qui touche à la motivation intérieure et à la spiritualité créatrice d'harmonie m'a toujours interpellé : en son temps, j'ai lu l'humanisme intégral de Jacques Maritain, les écris du personnalisme chrétien de Mounier, Blondel, à Jean Lacroix.

Par le professeur Lahnèche, du point de vue musulman, je pris connaissance du Soufisme. Je savais également, que dans le cadre de leur recherche spirituelle, des chrétiens se rendaient en Inde dans des Ashrams, pratiquer l'introspection.

C'est habité par cette perspective humaniste et spirituelle que j'ai transmis en 1999 à la Commission nationale française pour l'UNESCO divers textes (lire en fin d'ouvrage parmi mes reconnaissances). Celle-ci décida d'adresser mes textes à ses clubs et ensuite, progressivement, je me suis investi pour la popularisation du Manifeste 2000 élaboré par des personnalités de paix et popularisé par l'UNESCO. J'ai également transmis des propositions relativement à des conflits en cours.

Enfin, de 1998 à 2005, chaque 20 mars jour du printemps, j'ai adressé au secrétaire général de l'ONU, à l'UNESCO, à l'Union européenne, au président de la République française, à la charte de la terre, et à diverses personnalités, mes suggestions et analyses de simple citoyen concernant les droits et devoirs humains.

À l'époque encore, l'usage d'internet était moindre qu'aujourd'hui.

J'adressais par la poste mes 40 ou 50 pages et cela représentait un budget conséquent ! En 2005, cette expérience citoyenne a été éditée par l'éditeur le Manuscrit et l'office des Nations Unies à Genève caractérisa ma démarche : d'initiative citoyenne remarquable !

Certains de mes textes furent également publiés sur le site de l'UNESCO dans la rubrique consacrée à la culture de la paix, et en juin 2000, monsieur David Adams, alors directeur chargé de la culture de la paix m'informa que je serai désigné ambassadeur pour la paix !

J'ai effectivement reçu l'attestation de messager de la paix par l'intermédiaire de la Commission nationale française.

Plus tard en 2001 et 2002, en Belgique, l'Académie européenne des arts m'a accordé sa distinction, et en 2002, lors de son congrès à Iasi en Roumanie un temps prévu à Hong Kong, l'Académie mondiale de la culture et des arts et le congrès mondial des poètes m'ont désigné comme Docteur honoris causa.

Actuellement, je dispose d'une centaine de titres de reconnaissance, dont seulement 3 pour notre pays et aucun par les instances régionales et départementales !

Mes œuvres d'écrivain, chants et déplacements pour la paix (et c'est un regret et constat) n'ont pas intéressé nos Institutions des ministères de la Culture, des Affaires étrangères et de la Présidence de la République, mais je l'assume sans rancœurs stériles, cependant, je l'indique pour faire réfléchir !

Les élus politiques et les médias appellent de leurs vœux l'engagement citoyen individuel, mais qu'en est-il dans leurs actes ?

Ce qui est va suivre, après ce qui a précédé, peut témoigner de mes engagements, y compris parfois avec des risques pour ma sécurité.

9

Mes séjours et péripéties au service de la paix : Japon, Hongrie, Israël, Suisse, Brésil, Jordanie Porto Rico, Amérique, etc., dont ceux visités précédemment comme syndicaliste, homme politique ou à titre individuel ; une cinquantaine de pays !

Entre 1968 et 2016, je me suis rendu dans une cinquantaine de pays pour y clamer la paix et le respect de la dignité de toute vie.

C'est ainsi que je me suis rendu en Italie, en Espagne, au Portugal, en Suisse, en Belgique, en République fédérale allemande et en République démocratique allemande avant la réunification également, j'ai été dans un certain nombre de pays de l'ancien bloc de l'Est : Russie, Ukraine, Bulgarie, Roumanie, dans l'ancienne Yougoslavie.

Je me suis rendu aussi aux États-Unis, au Porto Rico, en République dominicaine, au Mexique, au Brésil, au Guatemala.

J'ajoute : que je me suis rendu sur les îles en Polynésie, aux Maldives, et en Islande, en Norvège, au cap Nord jusqu'au Spitzberg.

Je ne peux omettre de préciser que j'ai été en Tunisie, au Maroc, en Turquie, en Jordanie, en Palestine et en Israël, et dans des pays asiatiques : la Chine, le Vietnam, Singapour, le Japon… Bien entendu, dans des pays africains : le Sénégal, la Gambie, le Kenya…

J'allais oublier de mentionner d'autres pays : L'Égypte, la Grèce, le Sri Lanka, le Canada, l'Arabie saoudite, le Pakistan…

Je ne peux me souvenir et évoquer toutes les péripéties de ces séjours, je cite quelques aspects dans certaines destinations :

Au Sénégal et au Kenya, je revois les yeux émerveillés d'enfants lorsque je chantais la tyrolienne. Leurs yeux semblaient sortir de leurs orbites. Ils n'avaient jamais entendu ce type de son.

Plus inquiétant, fut mon séjour au Sri Lanka lors du conflit entre factions rivales. À un moment donné dans les rues de Colombo, j'avais beau faire la godille, les balles sifflaient autour de moi…

Lors de mon séjour à Rio de Janeiro, j'ai chanté dans des rues populaires au début des favelas. Les femmes et enfants adossés au mur de rues étroites étaient surpris et ravis qu'un étranger chante spontanément pour eux.

J'ai également interprété les Ave Maria de Schubert et de Gounod dans des cathédrales et églises à Salvador de Bahia et à Ouro Preto. D'ailleurs, en passant de l'église San Pedro à Tel-Aviv, en passant par Nagasaki, Mexico, Chamonix, Mayagüez, etc. Je me suis trouvé dans maints pays du monde à y chanter pour paix et les louanges à Dieu et à Marie.

Par exemple le 9 août 2010, j'ai interprété l'Ave Maria de Gounod dans l'église d'Urakami à Nagasaki ; le Cardinal Barbarin m'avait mis en relation avec son homologue japonais.

Auparavant, avec d'autres amis poètes et écrivains, j'avais interprété celui de Schubert dans une maison de retraite de femmes ayant connu la tragédie atomique. Toutes présentées sur des fauteuils roulants médicalisés, cette interprétation devant elles fut plus qu'émouvante.

À Hiroshima en janvier 2009 en plein air et malgré le froid, j'avais chanté l'Ave Maria de Gounod devant la stèle de Tamiki Hara, le poète victime lui-même de la bombe atomique et qui ne put continuer à vivre longtemps avec ce souvenir en lui.

J'ai fait cette interprétation devant les poètes de la paix de la ville le quotidien régional et 5 médias nationaux du Japon. http://youtu.be/lYcriGZcF-8.

Lors de mes séjours à l'étranger, je faisais parfois des conférences comme je le fis relativement à la pensée asiatique au sein de l'université du Hosei à Tokyo en janvier 2009, ou dans celle d'État en août 2010 et dans cette dernière situation avec Ernesto Kahan, lequel, fut le délégué de l'Association mondiale des médecins pour la prévention des risques nucléaires lors de la réception du prix Nobel de la paix en 1985.

J'ai chanté à Amman dans le théâtre en plein air. J'étais surpris, de voir autant de jeunes adolescentes équipées de Smartphones ou appareils photographiques classiques sophistiqués : nous étions en 2009.

Je me souviens aussi, avoir chanté en Suisse sous une pluie torride le 10 décembre 2010 (jour de la journée internationale) sur des marchés en faveur de l'ONG « Pont universel » de Claudine Fischer. Puisque j'ai parlé de la Jordanie, depuis ce pays : je me suis rendu en Palestine, à Ramallah, suivi dans l'avion par les services secrets israéliens. Quelques années auparavant, mon amie Josette Sala, également messagère de la culture de la paix, avec une délégation de la Ville de Vaulx-en-

Velin, s'était rendue en Palestine et avait remis mon texte « palestinien et israélien » lequel avait été affiché durant toute une période dans le bureau du directeur de l'hôpital de Bethléem. Cet hôpital soignait : et des enfants palestiniens victimes de mines, et des Israéliens victimes d'attentats.

Le poème que j'ai rédigé qui a eu le plus grand succès a été celui intitulé *Ministère de la Paix*. Dans le langage poétique, je proposais de substituer dans les divers pays à l'appellation de ministères de la Défense, des armées, de la marine, de la sécurité collective, il a même existé celle de ministère de la Guerre (dans certains contextes), par celle de la création d'un ministère de la paix.

Hélas, aucun gouvernement n'a retenu ma proposition hormis la situation particulière du Costa Rica. Ceci malgré les remerciements reçus à ce texte par : l'ONU, l'UNESCO, le Conseil de l'Europe, le président de la République française d'alors, Jacques Chirac, par le secrétariat du Pape Jean-Paul II, et par diverses personnalités et associations, mais sans suite politique.

Je me souviens, accompagné par mon amie Célia Altschuler, avoir chanté sur une grande place de Mayagüez et dans un célèbre musée.

En Chine, au Vietnam et sur les îles Maldives, c'est lorsque je sifflais dans les rues que les badauds interloqués écoutaient en s'arrêtant, les yeux écarquillés, surpris par ce mode d'expression inhabituel d'une autre culture.

Une péripétie insolite et plus que surprenante lorsque vous en êtes le sujet se produisit lors de notre passage avec mon épouse en Arabie Saoudite et au Pakistan. À l'époque, de premières prises d'otages avaient été effectuées lors de vols aériens. Après une halte à l'aéroport de Dharan, nous sommes arrivés à l'aéroport de Karachi au Pakistan. Dans ce contexte de tension et de risques, certes compréhensifs, les contrôles à la douane étaient presque du manu militari !

Une femme en tenue militaire mit sa main dans mon slip afin d'y vérifier s'il n'y avait pas un objet dangereux caché. Puis, elle secoua ce que vous devinez avant enfin, de retirer sa main sans paroles. Ouf !

Au sein de mon recueil poétique *Poésie de la paix et de l'harmonie* édité de façon bilingue aux USA en 2016 bénéficiant de magnifiques illustrations en couleur de la célèbre peintre du Porto Rico, Célia Altschuler, l'historien lyonnais Jean Etévenaux, et Jean-Paul de Bernis intellectuel de réputation internationale, dirigeant de plusieurs académies, dans leur préface, y décrivent des poèmes.

Ceux-ci relatent mes périples à travers le monde et interpellent les consciences pour la sauvegarde de la planète et contre la folie meurtrière des armes conventionnelles chimiques, bactériologiques et de l'arme nucléaire.

À ce stade de l'écriture, j'ai omis de signaler que non conservateur je n'ai pas gardé l'essentiel des articles de presse qui ont relaté mes activités et expériences, s'agissant des vidéos, j'ai effacé la plupart de mon site internet.

Durant les années 60 à 90, c'était surtout par les photographies que l'on relatait ses voyages. Or, me concernant, j'ai exprimé en début d'ouvrage ma situation de quasi-aveugle durant mon enfance.

Lorsque j'ai trouvé une vision acceptable vers l'âge de 18 ans, je me suis juré de tout voir avec mes yeux, de ne jamais utiliser d'accessoires pour rendre compte du réel.

C'est pourquoi je ne prends jamais de photographies ! Ceci peut paraître étrange, voire anormal, pour un voyant qui n'a pas vécu ce type de situation, cela ne l'est pas pour moi. Au contraire, cela a une profonde signification !

C'est pourquoi à juste titre, la lectrice et le lecteur peuvent douter de l'authenticité de mes propos dans ce livre.

S'ils consultent Google, mon blog personnel, YouTube, ils y trouveront déjà des éléments de réponse à leurs questions. Cependant, je joins en fin d'ouvrage, comme preuves d'éléments extérieurs objectifs, un panel de commentaires de personnalités ou de représentants d'Institutions connaissant mon parcours, ainsi que quelques documents épars relatifs sur la centaine reçue qui confirment les distinctions et reconnaissances me concernant.

10

Chanteur pour la paix et les droits et devoirs humains Reprise du chant en 2008 après 43 années d'arrêt total

Dans le premier chapitre, j'ai fait état de mon problème visuel d'enfance lequel a sans doute nui à ma possible carrière de chanteur lyrique. Je n'envisageais plus la possibilité d'un retour au chant jusqu'à ma participation au festival international de poésie à Paris en septembre 2007, animé par mon ami Yvan Tételbom.

Au cours de ce festival, j'ai introduit une discussion sur la culture et ses enjeux dans une salle du Sénat prêtée pour l'occasion grâce à l'intervention de mon ami alors Guy Fischer : sénateur, vice-président du Sénat.

Dans toute ambiance collective, il existe des moments du lâcher-prise ! À un moment donné, je me suis mis à interpréter la célèbre chanson napolitaine O Sole Mio, et Marie Robert, poétesse, chorégraphe, elle-même messagère de la culture de la paix par L'UNESCO m'indiqua : « Avec une voix pareille, tu devrais reprendre le chant. »

Marie également une excellente photographe de paix et d'harmonie. Elle a exposé ses œuvres à diverses reprises au sein de l'office des Nations Unies à Genève et au sein du siège de l'UNESCO à Paris.

Elle était très appréciée par l'ancien Directeur général de l'UNESCO, je veux nommer : Federico Mayor !

Elle a d'ailleurs reçu des prix internationaux pour ses photographies, dont celui du nom du mécène : Aga Khan !

Il se trouve qu'en juillet 2018, elle a organisé à Chamonix la manifestation « Poètes aux sommets » à laquelle j'ai participé !

Durant cette période, j'ai interprété au sein de l'église de Chamonix L'Ave Maria de Gounod accompagné par un organiste et Mattinata.

À partir de cette reprise, se sont enchaînées diverses prestations vocales de ma part (citées précédemment.)

Malgré 43 années d'arrêt total du chant de 1965 à 2008, j'ai pu interpréter de célèbres mélodies à voix, des extraits de comédies musicales et d'opéras principalement italiens, ainsi que des arias religieux. Certains chanteurs dont un jeune prodige paraguayen actuellement en formation au conservatoire supérieur de musique de Paris ainsi qu'un baryton base confirmé qui a tenu le rôle de Figaro à l'opéra de Paris, le pianiste suédois qui a accompagné mes enregistrements, des maestros = tous m'ont indiqué : « Ce que vous avez fait après 43 ans d'arrêt total est normalement impossible à faire. »

J'ai enregistré 3 CD d'airs lyriques et de célèbres mélodies mais sans médiatisation la vente de CD est difficile de nos jours. Ceci, compte tenu de tous les supports existant en ligne. Elle l'est déjà pour bien des artistes médiatisés.

C'est donc sur You tube et sur une radio internationale en ligne que l'on peut m'écouter.

Comme attestation de mes activités vocales, je joins quelques-unes de mes interprétations non protégées par des droits exclusifs de sites spécialisés sous la forme de clips audio :

En langue française :

— La vie en rose, https://youtu.be/mUE7Ayl6qe4,

— Pour un baiser, https://youtu.be/VEttrV-vaiY,

— Because you're mine, https://youtu.be/m0KFjQyjn_c.

Cette version inédite en langue française a été offerte à la ville de Los Angeles en juillet 2014 lors du congrès international des auteurs et artistes de langue castillane pour le 60e anniversaire du film hollywoodien.

À noter que la version originale en langue anglaise extraite du film du même nom, interprétée par Mario LANZA, avait fait l'objet d'une demande en copie privée par la reine Élisabeth II d'Angleterre, alors jeune souveraine.

— La chanson de Lara https://youtu.be/7DTC8jw3f1w,

— Le voyageur sans étoile (hommage au regretté John Willliam https://youtu.be/Dj-udYmNoK0,

— Ô Marie (Hommage à Johnny Hallyday) https://youtu.be/e64xvTznvlE,

— On the street where you live https://youtu.be/dt1ZPS9ap9E extrait de la comédie musicale américaine West Side Story.

En langue castillane :

— La Paloma https://youtu.be/4yN02DCd8t4,

— Cielito Lindo https://youtu.be/6idu8lkMix8,

— Besame Mucho https://youtu.be/9kcxJuT-_dA,

— Valencia https://youtu.be/-gZe-iYLt8o,

— La Spagnola https://youtu.be/pE6a2EGeBS4,

— Amapola https://youtu.be/8dOEYcb1Ha8,

— Granada https://youtu.be/-6runR_TKFo.

En langue italienne :

— Torna A Surriento https://youtu.be/EfbA2XJ2aa4,

— Parlami d'amore Mariu https://youtu.be/3mLiFo5LcvE,

— Funiculi Funicula https://youtu.be/gFEW9tdBoAc,

— Céleste Aïda https://youtu.be/logRra-YISE,

— Non Ti Scordar Di Me https://youtu.be/aYSXgk-NgKM,

— Mattinata https://youtu.be/BevNTjvowvQ,

— Santa Lucia https://youtu.be/GCg9GwQgYHA,

— Dicitencello Vuie https://youtu.be/yFHC68om8H0.

Cette chanson « Rien que la voix » est très appréciée sur radio Jango internationale de par la puissance de la voix, la diction et l'émotion.

En langue anglaise :

— My Destiny, https://youtu.be/nlb7qhtwu_s,

— Tonight https://youtu.be/5tnYnnF6kN0,

— Because https://youtu.be/juhYbn5MRj4,

— Be My Love https://youtu.be/c77uhwUJeT8,

— Song Of India https://youtu.be/jd0AJWUkwVg,

— Ô Danny Boy, cette chanson interprétée en mode crooner a failli provoquer une émeute féminine https://youtu.be/Dij9HCuUD58,

— The Lord's Prayer https://youtu.be/mLwadwOWuPs,

— Memories https://youtu.be/UQK33J1PnLs.

En décembre 2018, je ferai mes 3 derniers enregistrements et concerts : Love Me tender (hommage à Elvis Presley), Minuit chrétien, la Fleur que tu m'avais jeté de l'opéra de Georges Bizet « Carmen. » L'un des airs du répertoire les plus difficiles à interpréter.

11
Ma présentation en 2016 pour le prix mondial de l'UNESCO « Madanjeet Singh » de la tolérance et de la non-violence

En 2016, compte tenu de mon parcours atypique de citoyen universel, la fédération française pour l'UNESCO sous la signature de son président du moment Yves Lopez, de François Houtart, lui-même détenteur de ce prix en 2009, m'ont proposé pour l'attribution de ce prix : il est sociologue des religions à l'Université de Louvain en Belgique, et actuellement depuis quelques années à Quito en Équateur, où il œuvre pour le développement durable.

Leur proposition a été confortée par le soutien à ma candidature d'Ernesto Kahan déjà cité, qui est également vice-président de l'Académie mondiale de la culture et des arts, celle d'Ammar Banni éducateur algérien, celle encore d'Eiichi Ehatto, ancien conseiller spécial auprès d'un ancien directeur général de l'UNESCO. J'indique aussi le soutien du centre UNESCO du Porto Rico.

Celui que m'a adressé Jean-Paul de Bernis, président du mérite et dévouement français, alors vice-président de la société académique française Arts-Sciences-Lettres, et président de l'Académie internationale des arts et des lettres.

Certes, je ne l'ai pas obtenu : il a été attribué au centre de tolérance de la Fédération de Russie. L'encouragement institutionnel aux personnes ordinaires non directement présentées par une structure reste difficile sinon impossible = c'est selon moi une carence grave qui semble exprimer une crainte : celle du manque de contrôle sur les citoyens engagés disposant d'une personnalité affirmée.

Dernièrement, des amis ont évoqué la possibilité de me proposer pour le prix dit alternatif à celui délivré par le Comité Nobel et il est remis à Genève. Moins connu et renommé que celui remis en Norvège, il récompense des personnes engagées pour la paix, non distinguées par le Comité Nobel car celui-ci est fréquemment délivré à des personnalités et Institutions internationales ou a de dirigeants d'États connus.

Je précise tout de suite qu'il s'agit à ce stade de souhaits émis et non de certitudes : le fait d'être proposé est une chose, être retenu en est une autre. La probabilité est plus qu'incertaine, ceci en partie pour la raison précédemment exposée.

J'en profite pour enfoncer le clou et ajouter : à mon âge (75 ans, au moment où j'écris), je n'attends rien des Institutions !

Si j'insiste sur le sujet, en acceptant certaines reconnaissances c'est pour interpeller le pouvoir et les médias sur cette contradiction : ils ne cessent de prôner l'engagement citoyen particulier ; mais lorsque celui-ci se produit, il ne rencontre aucune reconnaissance des Institutions surtout sur de sujets sensibles si l'intéressé, n'est pas en représentation directe d'une organisation ou une personnalité adulée des domaines élitistes du monde scientifique, sportif et artistique.

Certes, je ne conteste nullement la nécessité des organisations qui favorisent la relation avec les autorités et qui jouent un rôle pédagogique d'entraînement : mais l'un ne devrait pas exclure l'autre.

21 septembre : journée internationale des Nations-Unies pour la paix !
26 septembre : journée internationale pour l'élimination des armes nucléaires

Depuis une vingtaine d'années, chaque 21 septembre, comme simple citoyen engagé et déterminé, à titre individuel, j'adresse mes réflexions et propositions pour la paix aux Institutions internationales. Certes, bien que l'engagement citoyen soit prôné par les dirigeants de pays et d'Institutions, il a peu de chance d'être entendu, et son auteur (moi) ignore si certaines réflexions ont été prises en considération, et de toute façon, il n'est pas informé. Cependant, chaque année, j'ai fait cette démarche en accord avec ma conscience.

Bien auparavant, j'ai fait bien d'autres actions. C'est ainsi, qu'à la fin des années 90 et au début des années 2000, chaque 20 mars (jour du printemps), j'ai formulé mes propositions pour la paix, la culture, l'éducation, le respect des droits et devoirs humains à : l'ONU, l'UNESCO, le Conseil de l'Europe, le président de la Commission Européenne, au président français, à la charte de la terre, au Comité Nobel, à des représentants des grandes religions…

À l'époque internet étant moins développé et j'adressais 30 ou 40 pages de suggestions par la voie postale ce qui représentait un budget conséquent ! Cette expérience fut éditée en livre par l'éditeur « Le Manuscrit » sous le titre *Le défi humaniste d'un citoyen ordinaire.*

Cette démarche me valut que certains de mes textes furent popularisés en 1999 par la Commission nationale française pour l'UNESCO auprès de ses clubs et écoles associées, d'autres, dans le cadre de la culture de la paix furent mis sur le site de l'UNESCO lors da décennie. Enfin, l'Office des Nations Unies à Genève qualifia ma démarche d'initiative citoyenne remarquable.

Auparavant encore, j'ai participé à la tentative d'unir les peuples européens par les arts et notamment par la musique.

C'est ainsi, que j'ai aidé mon amie la regrettée Anny-Claude Paturel a créé l'ensemble musical « Les solistes européens ». Il s'agissait de promouvoir les jeunes solistes de divers pays européens au service de la paix et de l'harmonie.

Hélas, ce projet ne reçut aucun soutien institutionnel, un représentant de la région dont le président était alors Charles Million nous indiqua que la région reviendrait vers nous lorsque notre ensemble serait connu ! Drôle de façon d'encourager une initiative originale.

Cependant, quelques solistes (dont la célèbre violoniste concertiste Marie-Annick Nicolas détentrice de prix internationaux prestigieux et qui fut durant quelques années le premier violon de l’orchestre national de radio France) se produisirent lors du premier forum des régions d’Europe à Eurexpo près de Lyon en 1991.

Présentement, je réfléchis à la guerre : il y a des drames humains dont les larmes et le sang, les victimes civiles, des destructions, mais la politique elle continue, et souvent, les ennemis d’hier peuvent devenir des alliés, ou au minimum des interlocuteurs acceptables et incontournables quelque temps ensuite.

Sans chercher de multiples exemples et il y en a = je cite : que les forces de la coalition et surtout les soldats américains ont mené la guerre contre les talibans et aujourd’hui ; ceux-ci vont négocier un accord de paix avec le gouvernement afghan et vont participer avec d’autres forces politiques à la direction du pays. Les dirigeants américains ont négocié (Donald TRUMP) avec eux. Depuis septembre 2021, les talibans ont repris le pouvoir après avoir été chassés par les troupes de la coalition et le nouveau président américain Joe BIDEN a validé ce retrait américain qui constitue une véritable débâcle qui démontre une nouvelle fois l’impuissance européenne et qui pose la question fondamentale : la démocratie occidentale n’est pas exportable pour d’autres cultures et civilisations. On ne fait pas le bonheur d’un peuple sans son accord et sa participation aux choix du mode de vie.

Qu’en sera-t-il de la situation au Sahel dans quelques années ?

Autre exemple récent de ce qui serait une volonté de paix ! De nos jours, souvent, les questions climatiques sont étroitement liées aux problématiques militaires ! Exemple : les tensions actuelles entre la Turquie et la Grèce et par voie de conséquence l'Union européenne et la France peuvent se régler par un dialogue constructif respectant les engagements de ces 2 pays. Ni la Grèce ni la Turquie qui ont signé l'accord de Paris sur le climat mais la Turquie ne l'a pas encore ratifié, ne doivent procéder à des recherches d'hydrocarbure et de gaz en méditerranée ! Ainsi il faut désamorcer les tensions et mon pays, la France, n'a pas à vendre des avions et bateaux de guerre ce qui accentue les tensions !

En septembre, en France et dans nombre de pays européens, les températures sont excessivement élevées, dans certaines régions de mon pays : les températures excèdent parfois de 10 à 12 degrés les températures habituelles à cette période. Si diriger c'est prévoir, lourde est la responsabilité des dirigeants de maints pays de par le monde et de l'insuffisance aide internationale, ceci, car dans les pays les plus dévastés par les tempêtes, ouragans, cyclones, tsunamis, sécheresses, épidémies. Des exodes anarchiques de population provoqueront des conflits et tensions avec les populations autochtones ainsi envahies.

La paix : ce n'est pas un mot creux suspendu dans le vide la guerre ayant de multiples causes, mais qui demande une façon scientifique et humaniste de proposer aux peuples le moyen d'en établir la perspective en actes. La relation harmonieuse avec le monde animal et toutes les espèces composant la biodiversité : minérales, végétales… sont également des facteurs de paix.

Ce présent livre est le témoignage protéiforme de mon parcours plus qu'original ! De 1968 à 2016 pour la paix ; j'ai participé dans une cinquantaine de pays à des manifestations, congrès, conférences, j'ai chanté pour la paix au sein des peuples dans des rues, places, y compris parfois avec des risques pour ma sécurité.

Je me suis rendu entre 1968 et 2016 sans être mandaté par une organisation et sans aide financière dans une soixantaine de pays pour y proclamer la nécessaire paix entre les peuples, le dialogue entre les civilisations pour le respect des droits et devoirs humains.

J'espère que la lectrice et le lecteur sauront en découvrir la saveur et l'espoir qu'il représente !

Bonne lecture, et surtout : mobilisons-nous pour le défi de la paix universelle et le respect de la dignité de toute existence humaine, bien entendu, mais également animale, végétale, minérale…

Chaleureusement,

Copyright Guy Créquie
Poète écrivain observateur social et chanteur français
Blog http://guycrequie.blogspot.com

Mes principales responsabilités

- Messager de la culture de la paix de l'UNESCO depuis juin 2000 et d'autres initiatives),
- Membre de l'association internationale des auteurs et des artistes,
- Docteur honoris causa par l'académie du monde de la culture et des arts et le congrès du monde des poètes,
- Lauréat de l'académie européenne des arts,
- Médaille d'or par la société scolaire française « Art-Science-Lettres » couronnée par l'Académie française,
- Représentant français d'international d'ONG de paix et d'harmonie,
- Membre de la Commission diplomatique du monde des professeurs pour la paix affiliée à l'ONU, récemment désigné représentant pour l'Europe,
- Membre individuel de la FFCU présenté par celle-ci et des personnalités de divers pays en 2016 pour le prix international Madanjeet Singh de l'UNESCO de la non-violence et de la tolérance lequel fut attribué à la Fédération de Russie.

Quelques réflexions liées à philosophie de la vie et l'engagement pour la paix ?

Faut-il donc un archétype de la paix ou continuer de la positionner vis-à-vis de la guerre ? Telle est la question fondamentale posée !

Trouverons-nous, le sens à cette existence apaisée qu'Herbert Marcuse assigne à l'homme comme fin de l'histoire ?

La paix n'exclut pas les rivalités, les luttes et les conflits. C'est le mode de leur résolution qui est posée ! Dans ses réflexions sur l'amitié, Aristote, définissait la Concorde comme un équilibre auquel doivent sans cesse veiller les hommes de bien, attentifs à ce que jamais l'intérêt particulier vienne à l'emporter sur l'intérêt général.

Le professeur Galtung l'a démontré : le compromis, loin d'apaiser les tensions, les reporte, les déplace, les conduit à se maturer davantage. Ceci, car le compromis ne règle pas les tensions qui demeurent ; il ne règle pas fondamentalement la logique du gagnant et du vaincu.

Allons-nous enfin, nous inspirer du célèbre discours du Pasteur Martin Luther King ? Et de son discours I Have Dreams prononcé à Washington le 28 août 1963 : « Ainsi, l'un des buts principaux de Martin Luther King était de créer ce qu'il appelait » une communauté aimante « dans laquelle nous pourrions tous redécouvrir le sens de notre cohésion en tant qu'êtres humains.

Souvenons-nous du pape Paul VI appelant à la tribune de l'ONU en 1971 à une Civilisation de l'amour ! Ou bien encore l'éducateur japonais Joseï Toda, puis son disciple Daisaku Ikeda, appelant à construire la révolution humaine individuelle et collective ; expression de l'humanisme intériorisé. Sinon encore, engageons le dialogue avec le philosophe chinois Zhao Tingyang, qui développe le concept politique de Tianxia » le monde sous le ciel et qui propose une conception bienveillante de la politique.

De nos jours, avec le terrorisme nourrit en grande partie par la pauvreté et l'écart croissant de la répartition des richesses entre le Nord et le Sud, il est évident que les consciences individuelles sont prégnantes à la condition sociale et l'idéologie de haine ou d'affrontement qu'elle soit d'essence du fondamentalisme religieux ou autre, se nourrit de ce constat. Cette situation crée une situation inédite éloignée de la conception du rôle de l'État telle qu'analysée par Hobbes, puis par le droit positif de Locke, Rousseau…

C'est l'éducation à la paix et à la non-violence dès le plus jeune âge par l'éducation familiale et scolaire qui peut créer cet esprit de concorde. Mais pour cela, les adultes eux-mêmes doivent être aptes à maîtriser la logique de paix. Ceci, car la vie est mouvement. Il y aura toujours des contradictions à résoudre, des maux à combattre. En ce sens, être homme et femme, sont des efforts sans fin… Sinon, l'être humain est toujours balloté par les phénomènes extérieurs changeants. Cependant, il y a 2 façons de comprendre cette contradiction : celle du changement intérieur qui intériorise la réalité de l'autre, ou celle de voir dans l'autre, l'extérieur, l'étranger, la cause de tous ses problèmes. Alors, l'objectif est de vouloir régler cette crainte, cette peur de l'autre, par le conflit et la victoire de l'un des camps sur l'autre qui peut aller jusqu'à sa suppression physique ou l'aliénation physique, morale, psychologique par des tels : la torture, les brimades, les privations alimentaires, l'expropriation de territoires ou leur altération, l'atteinte aux libertés individuelles et collectives…

De ce point de vue, l'UNESCO et l'ONU ont d'importantes responsabilités. Il existe actuellement (le 21 septembre) une journée internationale de la paix des Nations Unies, mais, cette journée peu ou pas médiatisée hélas), est connue des seuls initiés : élus des communes, membres des clubs UNESCO ou de mouvements pacifistes.

L'UNESCO pourrait proposer un programme scolaire et universitaire diffusable pour toutes les cultures, langues et nations, adopté par son conseil exécutif, validé par les États, lequel, au cours de la 3e semaine annuelle de septembre proposerait cette invitation à l'esprit de paix, à cette révolution de l'esprit (expression de Guy Créquie), à toutes les consciences des enfants et adolescents, avec bien entendu, une adaptation du programme selon les tranches d'âge.

Les peuples sont à représenter directement par d'un conseil des peuples admis avec voix délibérative au sein de l'Assemblée générale des Nations Unies.

Indépendamment des États, chaque citoyen, devrait disposer de la possibilité de participer au financement des activités des Nations Unies en connaissant le rôle de cette vénérable institution au cours d'une journée annuelle télévisée (par exemple le 21 septembre) et popularisée dans la presse écrite et les radios comme cela se fait en France pour le téléthon, le Sida…

Lors de l'élection du secrétaire général de l'ONU chaque continent à tour de rôle pourrait présenter son candidat sur les grands médias et celui-ci exposer télévisuelle ses ambitions et visions aux peuples de la terre et ce diffusé traduit en diverses langues.

De même, que l'ancienne Société des Nations dans les années 1930, a organisé des semaines d'éducation à la paix, l'ONU pourrait reprendre ce type d'initiative dont la responsabilité pourrait être confiée aux réseaux de l'association mondiale des Maires, départements et régions pour la paix. Ceci, afin que dans chaque pays, le maximum de citoyens participe à ce mouvement humaniste de proximité.

L'OIT (organisation internationale du travail), dispose de la possibilité de signer une convention avec les États pour l'élaboration de la présentation d'une conférence relative à la nécessité de la paix (texte validé ensuite par les représentants nationaux des organisations patronales et syndicales.) Cette conférence annuelle d'une durée de 2 heures serait présentée par site aux salariés par un représentant de l'entreprise ou l'établissement.

Peut-être, avec cette prise de conscience que nous sommes tous des citoyens universels appartenant tous au même genre humain viendra le jour dans 200 ou 300 ans où comme l'espérait Marx dans les manuscrits : la transparence des rapports sociaux sera telle qu'il suffira d'être un être aimant pour être un être aimé…

C'est donc bien l'archétype de la paix qui devrait prévaloir avant la riposte en réaction.

La vie est sans arrêt équilibre/déséquilibre, c'est donc la pédagogie de la conscience de l'intelligence de la nécessité de survie qui est l'enjeu comme concept unificateur des consciences.

Cette volonté passe par un engagement de la famille à l'entreprise, des élus municipaux aux médias, des structures de la société et de L'État, de l'école primaire à l'université… Jusqu'aux responsables de gouvernements et de continents.

Il y faut une culture appropriée comme élément de la survie du genre humain de la paix. Alors seulement, les armes nucléaires, les sommes colossales dispensées à l'armement, les appels à la haine d'origine religieuse ou idéologique partisan cesseront sous l'angle de la fin du pouvoir sur l'autre ou les autres qui passe par son agression ou sa suppression.

Ainsi, au traditionnel et célèbre : « Au commencement, il y a le verbe… André Maurois suggéra cette formulation : « Au commencement, il y a l'action. »

En ce début de millénaire, l'engagement pour la paix a besoin du verbe et de l'action.

Aujourd'hui, avec les crises, violences, guerres, notre humanité agissante semble être en régression. L'histoire semble bousculer nos résistances et capacités d'innovation et de dépassement en matière sociale et humaine.

Cependant, souvenons-nous de ces mots de détermination et de sens de Martin Luther King (1), lequel paya de sa vie, l'affirmation de ses nobles convictions. Je le cite : « La voix, les pieds et le corps des personnes dévouées, unies, qui avancent sans répit vers un objectif juste, sont nos armes puissantes. »

C'est un laïc qui le dit, mais un laïc basé sur les valeurs du dialogue interreligieux mais également un dialogue entre représentants des philosophies de la vie !

De nos jours et hélas, pour un certain nombre de citoyens, la référence à une religion est synonyme de lutte pour le pouvoir, d'affrontements et de violence pour légitimer l'option religieuse.

Or, le message originel des religions est de fondation celui de l'amour, de la justice, de la paix et du respect de la dignité de la vie. L'écart entre les ambitions et les pratiques découle de la différence entre penser et agir. Ou dit comme Kierkegaard, de la différence entre le savoir objectif, l'appréhension subjective et le ou les faits existentiels !

Sans le rappel à l'ordre permanent d'une solide philosophie de la vie, la personne humaine à des moments donnés reste dépendante des phénomènes extérieurs, surtout en phase des idéologies de domination qui caractérisent l'utilisation médiatique des grands moyens de communication qui véhiculent trop souvent une conscience volontairement inversée des valeurs réelles de la vie, et ce pour le pouvoir de l'argent roi et de la réussite individuelle.

Or, le respect de valeurs fondamentales se trouve dans le message de toutes les religions en quelques illustrations :

« Ne laisse pas la haine te porter vers le mal et t'écarter de la justice. Sois juste, c'est le plus important après la piété », dit le Coran (sourate V, verset 8.)

« Heureux, les artisans de paix, car ils seront appelés fils de Dieu », indique pour sa part l'évangile selon saint Matthieu (chapitre V verset 9.)

« Le monde repose sur trois choses : la justice, la vérité et la paix. Et les trois ne font qu'une, car, quand la justice est accomplie, la vérité l'emporte et la paix est établie », rappelle le Talmud 5 Ta 4 anit, 4.2.)

« Parmi ceux qui haïssent, heureux sommes-nous de vivre sans haine. Au milieu des hommes qui haïssent, demeurons libres de haine… » déclare le bouddha (Dhammapada, paroles de vérité, XV.)

« Les armes sont des outils de malheur, nul ne les aime, et l'homme de la voie leur tournera le dos. » écrit encore le taôiste Laozi (Dao de Jing, la voie et sa vertu, 31.)

C'est lorsqu'elles visent à des fins politiques, que la religion devient manipulée, et qu'elle risque de sombrer dans le sectarisme et la violence. Elle se découvre alors des ennemis qui n'existent pas dans son message originel.

C'est tout pour aujourd'hui.

En septembre 2021 alors que je complète mon propos : L'humanité vit une crise pandémique majeure avec la COVID-19. Le terrorisme reste une menace, la situation en Afghanistan est une interpellation universelle car d'un côté il est constaté une fois de plus que l'on n'exporte pas le modèle occidental sans l'accord et la participation d'un peuple. De l'autre côté, la situation nouvelle créée avec le retour des talibans 20 ans après les morts et sommes considérables engagées est un recul de civilisation avec la remise en cause des droits fondamentaux de nombre de personnes et en particulier des femmes afghanes. L'impuissance européenne appelle une remise en cause du fonctionnement de l'Union européenne. Depuis Obama, puis Trump et maintenant avec Biden, l'Amérique confirme qu'elle ne veut plus être le gendarme du monde ! Cependant en son temps elle a fait des choix stratégiques, mis en place un régime corrompu, abandonné Massoud et l'alliance du Nord.

Alors que le président Trump a négocié le retrait avec les talibans ce départ précipité ; une véritable catastrophe humanitaire. Sur place des milliers de personnes qui ont collaboré avec les forces de la coalition et avec l'ancien régime sont en danger de mort. Une nouvelle distribution des influences internationales va s'opérer ; L'Iran le Pakistan, le Qatar, mais beaucoup plus la Chine et la Russie voit revenir au centre de la diplomatie.

Quelques appréciations concernant mon engagement pour la paix exprimées de façon littéraire et vocale lors de multiples déplacements

Préfaces à *Philosophie et devenir de l'Homo sapiens à l'horizon 2120*

« Guy Créquie est un esprit libre et cette liberté a un prix. »

Lorsqu'il évoque l'homme, il tient à le redimensionner en sa vertu originelle d'Homo sapiens, retour naturel à la fonction pensante et réfléchie du mammifère qui s'est distingué des autres espèces animales par sa pensée et son adaptation constante justement grâce à son cerveau en perpétuelle évolution.

Mais la réflexion individuelle n'est pas toujours compatible avec l'universalité spirituelle à laquelle l'Homo sapiens a tendu, tend encore et surtout devrait tendre pour la sauvegarde de l'Humanité.

Les défis sont innombrables, la primaire sauvegarde de notre planète, l'aspiration plus que compréhensible de chacun à la paix, la solidarité essentielle, au sens propre de notion intime des êtres comme des choses dont chaque individu doit faire preuve, les technologies sans cesse plus performantes quand ce ne sont pas les biotechnologies défiant l'homme dans son aspiration irrationnelle à se croire son propre créateur, enfin toutes les interrogations conséquentes d'éthique qui en découlent forcément.

J'évoquais plus avant les sens et l'essence comparativement à la définition didactique des éléments constitutifs de l'activité humaine qui est toujours changeable, changeante, voire interchangeable, mêlant alors la phénoménologie à l'essentialisme… la dualité entre ce qui fait que l'homo sapiens fut et est et les contingences qui assureront tant à le changer.

Guy Créquie a fixé une date comme un défi à l'Homo sapiens et cette alternative de 2120 est aussi angoissante que le 1984 de Orwell ou le 2084 de Boualem – Sansal, si ce n'est que Guy Créquie n'est pas qu'un simple écrivain. Il est un philosophe aguerri et il a toute raison, en sa foi en l'homme, d'optimiser l'aspiration humaine à sa propre survie… et Guy Créquie est aussi un poète, un de ces êtres définis par Chatterton dans la pièce éponyme de Vigny comme « des vigies lisant dans les étoiles la route à suivre ». Guy Créquie tient la barre du navire, la houle de nos mots est forte, la description de nos maux est tempétueuse mais il maintient le cap et nous avons tout intérêt à lui faire confiance en lisant son ouvrage primordial, que dis-je, « fondateur ! ».

Jacques Bruyas
Romancier, auteur dramatique
Président de l'Union des écrivains Rhône-Alpes Auvergne
Président de l'Association Internationale des écrivains et éditeurs francophones
Officier des arts et des lettres
Chevalier de la Légion d'honneur – Chevalier de l'ordre national du mérite-récipiendaire des palmes académiques

Préface

La fédération française pour l'UNESCO apporte en 2009 son soutien à Guy Créquie comme chanteur pour la paix.

Je l'ai rencontré à deux reprises ; dans le comité de soutien pour la libération de Florence Cassez en présence de nombreux chanteurs et musiciens, et ensuite lors du festival international de la poésie à Paris.

Pour moi : c'était un artiste avec beaucoup de talent et déjà une grande notoriété.

C'est ensuite que j'ai découvert cet homme érudit, cultivé à travers ses écrits philosophiques, s'intéressant à tous les domaines religieux, sociétaux et scientifiques, un grand humaniste qui lutte en permanence pour un monde tolérant et un monde de paix.

Ce fut un immense honneur lorsqu'il me demanda si je voulais bien écrire la préface de son essai « Philosophie et l'Homo sapiens-quel devenir à l'horizon 2120 ».

J'ai d'autant plus accepté que si nous l'entendons tous, ce serait le dernier essai qu'il écrirait car il envisage de se retirer de la vie publique en 2017. Je n'en suis pas certain : un tel ambassadeur ne peut pas s'arrêter ainsi, il y aura toujours des lieux où il souhaitera se rendre pour continuer son action en faveur de la paix.

Dans cet essai, il nous aura donné sa vision sur les défis que l'homo sapiens devra surmonter, auxquels il devra réfléchir et trouver des éléments de réponses pour une meilleure gouvernance mondiale.

Projetons-nous comme lui dans le XXIIe siècle en 2120.

Dans une première partie, il complète les sujets déjà abordés dans d'autres ouvrages, il les actualise, il analyse le monde d'aujourd'hui en 2016, et nous incite à réfléchir.

Il pousse un cri d'alarme, il nous demande de sauver la planète et continuer à œuvrer pour une paix mondiale même s'il dit « la paix n'exclut pas les rivalités, les luttes et les conflits ».

Il prend en compte les faits marquants de cette année : les flux migratoires, les violences en tous genres, le terrorisme dont notre pays a été une cible, la place des phénomènes religieux et aussi l'avenir de notre planète, en mentionnant les résultats encourageants de la COP 21 à condition que les accords soient respectés tant sur la réduction des gaz à effet de serre, que sur l'aide financière apportée aux pays en voie de développement. Ceci, car pour sauver notre Terre, tout le monde doit y prendre sa place, nous aussi en tant qu'individu.

Cet élan de solidarité de tous les peuples, des 195 pays présents à l'ONU permettra, je l'espère, de réduire les inégalités et que chacun puisse bénéficier des droits essentiels que sont la santé, le logement, l'eau potable et l'éducation pour tous, filles et garçons.

Dans un second espace, nous arrivons à l'échéance 2120.

Pendant un siècle, les sociétés auront changé, l'Homo sapiens aura continué à penser, à réfléchir, de nouvelles techniques seront apparues toutes plus révolutionnaires que les autres.

Les biotechnologies auront fait des progrès fulgurants mais nous poserons des problèmes éthiques que nous ignorons aujourd'hui.

On peut espérer que tous auront une solide éducation qui leur permettra de gérer une gouvernance mondiale.

Il faudra « construire un monde civilisé et développé compatible avec les défis de l'humanité », car apparaîtront peut-être d'autres problèmes ou phénomènes ignorés ce jour.

Je vous dis : bonne lecture de cet essai et retrouvons en 2121 pour faire un bilan.

Claude Vielix
Fédération française pour l'UNESCO

Tel-Aviv february, 2016

To whom it may concern

Ref. Price UNESCO-Madanjeet Singh for the promotion of the tolerance and non-violence, 2016 candidature of Guy Créquie.

It is a pleasure to provide my opinion on the work of Mr. Guy Créquie in relation to his being considered for the Prize UNESCO-Madanjeet Singh.

I know Mr. Guy Créquie and have been familiar with his past work of about 10 years ago.

His aptitude for communication is remarkable and represents a real advantage for his cultural and artistic work.

Mr. Créquie, who is a writer, poet, philosopher, and singer, deserves this prize in recognition of his personality and lifelong dedication to universal peace, life and positive values of humanity. His books are texts of universal historical significance.

I have also been extremely impressed with Mr. Guy Créquie efficiency, brilliant intellectuality and human sensitivity and teaching skills. I have had the opportunity to see his explaining with remarkable emphasis and success, complex issues to the public as well as to his scholars, during International congresses and in written declarations.

I have been recognized professor of public health in three universities and head of Epidemiology and senior lecturer in the Department of Family Medicine of Tel Aviv University. I also have been worked as Director General of the Ministry of Health in Argentina before migrating to 1976. In Israel, I was Deputy Director of Rabin Medical Center, Head of the Department of Epidemiology at the Institute for Occupational Health of Tel Aviv University, and Director of the Medical Academic Branch of the International Institute (Beit Berl). I am the research advisor and founder of IPROS (Research Network of Israel Pediatric Ambulatory Association) and of the Research Club of the Department of Family Medicine of Tel Aviv University. I published many books and numerous publications in prestigious journals and founder and Chair-person of the Israel Association of Physicians for Peace and Preservation of the Environment ; Vice-President of International Physicians for the Prevention of Nuclear War-IPPNW, (institution awarded Nobel Peace Prize), delegate to the Peace Prize ceremony in Oslo, founder of the Middle East Cancer Society and active in numerous other International Medical Associations related to Epidemiology, Cancer, Public Health and Human Rights. In 1991 I was awarded with the Albert Schweitzer Peace Achievement Award "for my courageous work in reaching out to colleagues in all parts of the Middle East Region" and declared "Illustrious Visitant or Citizen" in many Latin-American city-capitals.

I strongly recommend Mr. Guy Créquie for such a prize.

Sincerely

Ernesto Kahan MD MPH

F O R E W O R D

(To Guy Créquie's poetry collection, "POETRY OF PEACE AND HARMONY" by Dr. Ashok T Chakravarthy, Poet-Review writer, India)

Guy Créquie's, collection of poems, titled, "POETRY OF PEACE AND HARMONY" demonstrates a rare blend of skill as a lyricist, singer, poet and writer. Of the 22 books authored by him, 12 books contribute to the essentialism of human action for harmonious co-existence of all sects of humans. That apart, the 10 poetry books compiled by him reflect universal splendors in the form of planetary poetry. Be it the fascinating nature, the Great Wall of China, the Mount Everest or the Brazilian Madness, the poems endorse the poet's spontaneous imaginative expression in a serene mode.

Without hesitation it can be ascertained that POETRY OF PEACE AND HARMONY is a compilation of perfect lyrical poems. Amply it glorifies Guy Créquie's deeply embedded lyricism expressing his innermost feelings with core expressions hidden in heart, adorned with peace-oriented sentimental poetic themes. I feel it a privilege to admit that study of such poems will certainly help the reader to enjoy the beauty of the expressions as well as savor the flow of nectarine words. I humbly confess that every poem (fifty poems each in French and English language with musical links to songs) flew in the mind's sky like a flock of pigeons roaming delightfully in the horizon of beautiful and peaceful firmament. The songs are sung by the poet himself in French Spanish, Italian and English languages and correspond to all the musical genres : "A Capella" (only the voice), accompanied with piano, orchestra of varieties, and also symphonic units.

I firmly opine that Guy Créquie is such a great god gifted philosophical poet who could not only please the world literary lovers with his heart-soothing poetry but as well could succeed in imparting a message of peace to all world citizens. The poets concern for establishing a peace-filled universal environment was the resultant transformation emerged out from the devastating terrorism and fanatic events of random killings of innocent people as prevailing in various countries now. I endorse Guy Créquie's view that "poetry can perpetuate emotions and matter in words or prose whether you use verse or prose". The poet's usage of variety of vocabulary and presentation of insightful poetic expressions are indeed laced with touching and sweet concepts devoted to peace, harmony and respect for nature. In word, deed and spirit the poet aspires that the new generation should safeguard and as well promote humane culture and educating them about this beautiful blue Planet. This in turn enables the youth to face the challenges and hassles of the millennium with true ethics, which are utmost necessary for the future of Planet Earth. Guy Créquie succeeded in mastering language as the best tool of poetry and pleasantly decorated it with a touchy magical-musical touch. He is able to transform beautiful words as like a painter does by shrewd utility of colors.

In the poem Nature, the poet meaningfully discloses his noble passion, reflecting through… Let us breathe with a full lung / The taste of nature's show / printing life to the ultimate subsoil / of essence of existence. Another striking poem *The infinite one* demonstrates the poet's quest in comparing life with nature filled with soul-soothing words…

The Moon rises to the West and lights it / The Sun rises to the East and illuminates the West / So that man reveals his otherness / his noble passion for humanity.

The significance of the poet in expressing his communicative skills through the poem *Provence magique* ; – indeed awakens a spiritual instinct… When the celestial sphere shines / The dazzling rock / Offers charming glances / The wonderful moment of life. *The great wall of China* is another jewel in the crown which divulges the poet's insight into the historic truth… Its reality is a work of vastness / Bequeathed by the sweat of human epopee / and genius inspired Prince / then Emperor Qin Shi Huang Di.

Yet another poem which throws light on the poetic diction expressed in simple and clear molded lines is echoed in the poem *Universal Africa*. The humane concern and the pangs of human existence uttered by the poet in the poem rouse the reader to think and re-think of the lurking danger surrounding humanity, viz., AIDS threatens its nest / Let us all fight for survival /on this region of humanity / For the universal eurhythmy / Our lives of world citizens. Similarly, in the poem *Mount Everest* we can find the poetic zeal of the poet to create a harmonic understanding between one and all… "In mountain, one finds friendship / Nothing brings people more closer than the mountain / On the most perilous paths, we must be held by the hand and we speak from heart to heart… / The problems of the world should be regulated on the mountain / It is here where Khroutchev, Johnson, Nehru, Mao should discuss…"

Another spell-binding poem is tiled, Australia, wherein the poet seems to balance the nature as almost equivalent to divine… Rectilinear Lagoon / Joining the horizon / The large coral barrier / In this spectacle vastness / Which cause the amazed eyes / a search for spirituality. In the poem *The woman*, with universal meaning is implanted with intense words… Woman is the future of the man / Because to exist / To translate the act of love / To give birth to the future generations. In the poem, *What is what love*, the words surge with a pure poetic spirit and the reader is bound to feel and listen with heart an unparalleled delight of what the poet feels about love… Man is a gyration around the axis of life / Love is also to give / The quality of humanity / By the interior of a spirituality / Which declines with our realities.

Human rights (wars occur in the spirit of men… Constitution of UNESCO, London 16.11.1945) is one such poem which showers much importance for propagating world peace.

Every line in the long poem aims to build bridges of understanding between diverse cultures and upholding of spiritual values without differences of any kind viz., The third millennium /

Can be filled with glory / Kneaded people with humanity / Who testify their solidarity / Their co-operation and their friendship / By the dialog between civilizations / And the discovery of the five continents / By the sport, of culture, education / And the communication / So that women and men of this millennium / Citizens of the world / Contribute to a Planet covered with soil / Where each individual will be a brother or sister. The poem with unique temperament, *I had a dream* contain emotive concern surging alive betwixt alternate realities of today and future… I had a dream / Only one Earth, only one Cosmos / For Universal Mankind… AND… By human responsibility / Happiness built by those / Heirs to survival / Co-deciders of the future / Immaculate desire for life.

I feel extremely privileged to declare that I got an opportunity to express my heartfelt opinions in the form of a FORWARD to this wonderful collection of fifty poems, titled, "POETRY OF PEACE AND HARMONY" brought out by Guy Créquie, the renowned lyricist, singer, poet and writer of France. Penned by the messenger of the Culture of Peace (UNESCO), the book is definitely an outcome aimed at to bring awareness of this time and help the diverse sects of universal citizens to think of world future and future generations.

Dr Ashok TChakravarthy,
Poet-Review writer,
16-2-836/L, Plot-39
Madhav Nagar, Saidabad
Hyderabad – 500 059
Telangana State, INDIA
www.worldpeacepoetry.com

Preface by Dr. Maurus Young

« Poetry of Peace and Harmony » is a poetry work call humanism written by Mr. Guy Créquie, well-known poet and writer of France, Messenger of Peace appointed by the United Nations, Laureate of the European Academy of Arts and senior member of World Academy of Arts and Culture and World Congress of Poets (WAAC/WCP).

Mr. Créquie is a poet with a big heart. He is calling for human wisdom to the survival of people in respect of all beings. His poetry book is debating the good and evil, linking the characters in scenes, alternately cheerful or sad, love and hate. It was important to bring out all issues of this collection of poems dedicated to human, seeking harmony and peace.

This literary work is a hymn to peace, respect human beings whatsoever and a huge appeal to humanity. Mr. Créquie in his poems offer us his noble and pure feelings, it provides naturally to everyone, without differentiating between skin color or race, nationality or religion. It has a big dream : peace, freedom and love.

Mr. Créquie's poetry book is aiming at sending a poetic warning of the possible and probable destruction of life on the planet as a result of the irresponsible and selfish behaviors of human beings.

The World Academy of Arts and Culture and World Congress of Poets (WAAC/WCP) was founded in 1969 with more than 1,500 poets from 65 countries around the world. Mr. Créquie, a peace loving poet, has joined our sacred movement for the promotion of brotherhood and world peace through poetry since 2002. I firmly believe that his book will promote the world peace.

Le poète à l'assaut du monde

Guy Créquie appartient à une espèce finalement assez rare, celle des hommes qui, tout en ayant la sagesse d'évoluer dans leur approche du monde, n'en conservent pas moins leurs idéaux. S'il a manifestement perdu quelques illusions sur « les lendemains qui chantent » et, surtout, sur la valeur de ceux prétendant les mettre en œuvre, il n'est pas pour autant devenu blasé. Il a gardé de la jeunesse une capacité non seulement à s'émouvoir dans son for privé mais au moins tout autant à s'enthousiasmer en place publique.

Son sens du monde n'étant pas resté limité à sa région d'origine de même que son cadre de pensée a éclaté au-delà des contingences partisanes, professionnelles et syndicales, il a pris une dimension réellement universelle. Elle lui permet de se mouvoir avec aisance dans les organismes qui transcendent les frontières en se réclamant d'une philosophie qui pourrait être reconnue par tous car ne relevant pas de l'idéologie. Depuis longtemps formé au dialogue avec ceux qui ne pensent pas comme lui, il peut exprimer en toute sincérité sa conviction que tous les hommes sont frères – ou, tout au moins, qu'ils devraient l'être.

Le « citoyen du monde » qu'il se revendique nous parle donc « d'émotion partagée », mais aussi du « défi de vie » et, tout simplement, de « dignité humaine ». Séduit par les glaces du Spitzberg comme par les chutes d'Igassu, il chante les « églises baroques dorées » d'au-delà des mers tout comme le « crépitement des derniers rondins » d'un feu dans l'âtre. À une époque où relativisme et confusionnisme gomment la beauté des différences, il prononce l'éloge tranquille de la « complémentarité » des sexes.

Il plaide donc pour « une lumière humaniste » qui éclaire tous les hommes afin que ceux-ci sachent admirer, dans le monde, toutes les richesses qu'ils portent en eux comme celles que leur savoir-faire a permis de réaliser depuis des millénaires. Reprenant Victor Hugo, le poète-philosophe appelle alors à regarder vers les sommets qu'on atteint au terme de « fières leçons de courage ».

Ce sont chemins du monde à emprunter en sa compagnie.

Jean Ètèvenaux
Président de la Société des écrivains et du livre lyonnais et rhônalpins

Préface

C'est avec joie et fierté que j'ai accepté spontanément l'honneur de préfacer ce recueil poétique de Guy Créquie, d'une part : en ma qualité de vice-président de la Société académique Arts-Sciences-Lettres, dédoublée de celles de président général de l'Académie internationale du mérite et dévouement français (41 398 lauréats sur 43 Nations) ou de président d'honneur de l'Académie internationale des Arts et des Lettres.

Et d'autre part : d'ambassadeur de l'espoir, nommé Saharouite d'honneur, dans le Sahara par les Marocains du monde, en présence de 2 ministres et du préfet en 2011, ou de titulaire du prix des : « Droits de l'Homme » (promo Anne Frank) en 2015).

Ccs titres et fonctions m'obligent à ne pas faire un simple résumé ou une analyse de texte, mais bien d'être en harmonie avec ce que mes collègues appellent un « Homme de lettres, Docteur h.c, lors de mes conférences internationales.

Cette préface a donc pour rôle essentiel de motiver, de conditionner le lecteur afin qu'il puisse pleinement – en osmose – saisir la substance bénéfique de la pensée de cet auteur hors du commun tout en se rapprochant de sa propre personnalité.

À ce sujet, cet excellent recueil poétique, faisant suite aux 27 autres ouvrages publiés par Guy Créquie en France et à travers le monde, va l'être aux États-Unis.

Il m'a donc paru, si ce n'est utile, voire indispensable de dégager quelques traits de sa personnalité.

Sans entrer dans son intimité, l'on se retrouve face à jeune bébé arrivant au monde frappé d'une importante cécité :

1 % et 3 pour chaque œil – Par la grâce de l'un des plus grands professeurs au monde relayé par sa farouche volonté il regagnera 7 % au total en 39 ans. Ce handicap l'amènera à reprendre son destin en main, et c'est à :

40 ans, qu'il va se réaliser, alors qu'il n'est nanti que d'un modeste :

– CEP : Certificat d'Études Primaires,

– CAP : Certificat d'Aptitudes Professionnelles (Commerce-Quincaillerie).

43 ans, il est diplômé d'un 3e Cycle universitaire.

57 ans, l'Académie mondiale de la Culture et des Arts et le Congrès mondial des Poètes lui confèrent la distinction de : Docteur (honoris causa).

Ce parcours très atypique ne suffisant pas à ce petit vendeur dans le privé, puis employé, agent de maîtrise, enfin cadre dans une grande Entreprise publique, il se retrouvera même durant 16 ans, « dirigeant syndical » interprofessionnel, puis à nouveau « salarié consultant en ressources humaines » et détaché dans une « Fondation » comme « formateur d'enseignements » sur des problèmes de société.

Dans le même mouvement et progressivement il est devenu poète, philosophe et… chanteur lyrique.

Il démontre une étonnante capacité de dialogues et d'assimilation !

De 1980 à ce jour (35 ans), de nombreuses personnalités de tous engagements et conceptions se sont exprimées pour soutenir sa démarche, je citerai :

- Jean Lacroix, philosophe personnaliste chrétien, chroniqueur philosophique 30 ans au journal « le Monde » ;
- Paul Gravillon, journaliste ;
- Micheline Debailleul, poétesse émérite belge ;

- Marie-Annick Nicolas, violoniste talentueuse.

Sans oublier nos poètes de la Toile et de la Palette, nos peintres, au rang desquels :

- Marceau Constantin, mon grand ami de 50 ans, mon prédécesseur vice-président Arts-Sciences-lettres et qui fut cet incomparable président de l'Académie Internationale de Lutèce.

Ou encore :

- Alphonse Crépin, regretté secrétaire général de l'Académie européenne des Arts, lui aussi mon vieil ami, mais comment ne pas exprimer une gerbe de reconnaissance à cette artiste-peintre du Porto Rico ;
- Célia Altschuler qui rehausse ce précieux recueil, dès lors, par 11 de ces magnifiques peintures, apportant ainsi à la poésie le rythme et la saveur de la nature et de notre relation avec elle... D'autres personnalités se sont engagées dans ses livres :
- Les musulmans :
- Baddre Lahnèche, chef de Clinique en Médecine nucléaire,
- Mohamed Arkoun grand Islamologue de Paris-Sorbonne.

Ou encore :

- Émile Poulat, cofondateur (1954) groupe de Sociologie des religions CNRS (Centre Nal. Recherche Scientif) ;
- Maria Christina Azcona, auteur d'Argentine, Psychologue experte, dirigeante d'une ONG internationale de paix et d'harmonie ;
- Ernesto Kahan, médecin et physicien israélien, vice-président de l'Académie mondiale de la Culture et des Arts, et délégué au Prix Nobel de la Paix en 1985 et représentant de l'Association mondiale des médecins pour la prévention des risques nucléaires.

• Maurus Young, d'origine chinoise, actuel président de l'Académie mondiale de la Culture et des Arts et du Congrès mondial des poètes, etc.

Cet ouvrage, sous ma préface, se compose d'une Introduction et de 3 parties :

Introduction

Après avoir réglé son sort à la race humaine, il donne quelques clés dans ce contexte mondial difficile pour le mieux vivre ensemble et l'éducation de la jeunesse.

1re partie

D'abord, les splendeurs universelles à travers les continents. À défaut de connaître le monde dans toute sa diversité pour en défricher nombre de ses facettes, notre auteur livre, ce que son temps et ses finances lui ont permis d'explorer. Les sensations provoquées par le contact avec la nature restent l'une des sources du développement de notre humanité, de notre socialisation lucide et responsable. Inspiré par la récente COP 21 (conférence mondiale sur le climat).

Il a ses mots d'une beauté et interpellation inouïs :

« Consommer les ténèbres
Leur cortège insolite
De bruits, de frémissements
Et de silences nocturnes
Découvrir la faille
De l'interruption des sons
Jusqu'aux senteurs
Des premières lueurs du jour… »

2e partie

Dans le second passage intitulé « Émotions du cœur et paroles en poésie », il diversifie la palette du poète qui sait relier les sentiments, dialoguer, tirer le meilleur des personnes en transcendant l'état des sociétés.

Il rend un vibrant hommage à la femme le futur de l'homme.

Extrait de l'un de ses poèmes :

Amie de l'amour
Comme le temps d'une valse
Dont l'harmonie scelle des corps soudés
Que PIAF aurait aimés...

3e partie

Dans le volet intitulé « Présent et futur de la personne », il se risque à dévoiler quelques pistes de ce qui peut être un humanisme contemporain. Si, comme l'écrivait Gaston Bachelard, un poème peut-être une folie retouchée, pourquoi ne pas livrer en place et lieu de la folie destructive, celle qui dirige les vies et oriente les désirs vers de nobles desseins ?

Ainsi, comme le pasteur Martin-Luther King, Guy Créquie exprime son rêve :

« J'ai eu un rêve
Celui de l'arpège d'identités complémentaires
Celui des rires frondeurs
Des saisons ensoleillées
Lorsque la terre gronde
Sous les pas des citoyens décidés
À donner à notre société
L'éveil des actes d'humanité… »

Enfin, et originalité dans ce recueil poétique : Guy Créquie nous invite à cliquer sur des liens sur lesquels tout lecteur pourra écouter ses interprétations de célèbres mélodies et airs lyriques.

Conclusion

Permettez-moi de vous rappeler que je n'ai pas été long m'appuyant sur l'adage :

« La démesure est une mesure »… Alors, prenons encore un peu de temps et de plaisir à relire quelques propos de personnalités qualifiées à propos de Guy Créquie :

• Marceau Constantin écrivait en 2 000 « Guy Créquie est un poète pas comme les autres.

Tantôt la passion du romantisme l'habite, tantôt l'auteur s'évade et devient didactique avec force et émotion dans une philosophie d'un humanisme hors du commun… »

• Ernesto Kahan a exprimé ses appréciations suite à leur séjour commun de conférences et de témoignages.

Pour la paix au japon (2010) : « Ce n'est pas qu'un écrivain et chanteur français pour la paix et les droits humains, il représente une étrange espèce déjà rarissime de la nature d'un cœur pur… »

• Maurus Young a exprimé sa pensée dans sa préface du recueil : *La poésie du cœur* :

« Guy Créquie est pour moi un poète par excellence tel que la culture chinoise le conçoit.

Sa poésie est exprimée sur un mode concis, précis, cristallisé, intime. Il a observé la société et de ce fait, la peinture envers ou en prose qu'il en fait est le parfait miroir de la société contemporaine.

Il est au-dessus de l'homme commun et de ses penchants, tel un lotus posé sur une eau marécageuse, mais qui en garde encore sa beauté. Il vit comme une rose au milieu des épines délivrant son doux parfum… »

• Angela Manitta, académicien italien, directeur éditorial de la Revue poétique internationale d'art et de culture « Il Convivio » a formulé ces mots d'une grande profondeur :

« La poésie de Guy Créquie, si d'une elle met le doigt dans la plaie, de l'autre, elle offre un antidote : l'espoir et l'amour, mais surtout la volonté humaine de construire un monde de paix non de haine, un monde plus juste et plus humain… »

• Jacqueline Delpy, regrettée lauréate de l'Académie française, Chevalier des Arts et des Lettres a exprimé dans la préface du recueil : *Gerbe de poèmes dans l'espace et le temps* :

« Abolir les distances, c'est toute l'aspiration de Guy Créquie, pour qui vivre : c'est développer son état d'éveil intérieur en communion avec les autres, la nature, tout le cosmos dont les clés pour l'écrivain Mario Mercier pourraient – être… "Les cristaux de neige…" »

• Alphonse Crépin, mon regretté ami d'un 1/4 de siècle, s'exprimait ainsi lors de la remise du Grand Prix international de l'Académie européenne des Arts en 2002 à Guy Créquie : « Ses écrits où il présente les principes fondamentaux de la connaissance, de la pensée, bref de l'action humaine, sont d'un tel niveau, que j'ai mis le temps avant de coucher ces lignes sur le papier… » Rainer Maria-Rilke, fabuleux auteur, écrivait dans ses merveilleuses lettres à un jeune poète :

« Une œuvre d'art est bonne quand elle est née d'une nécessité. C'est la nature de son origine qui la juge… »

Splendide citation qui me permet de conclure sur cette œuvre de Guy Créquie, laquelle est portée tant par un humanisme hors du commun, que par une écriture comme l'a mentionné René

Char qui est une production active du réel sachant éterniser les émotions. Sa volonté appuyée justement par une riche.

Pour toutes ces raisons, Guy Créquie a bien mérité les 2 belles médailles d'or honorifiques des 2 grandes sociétés académiques : « Arts-Sciences-Lettres » et « Mérite et Dévouement français ».

Je lui dédie cette citation de Saint-Exupéry : d'autant qu'il s'en est inspiré 50 ans durant :

« Appelle les Hommes à bâtir ensemble et tu en feras des frères. »

Certes, mes capacités de travailler en groupe, de les animer ou les diriger, l'esprit de défense et de sécurité qui m'anime sanctionné par un diplôme de l'IHEDN l'Institut des Hautes Études de Défense nationale (rattaché au Premier ministre) me permettent d'apprécier cette invitation à la prise de conscience de l'époque trouble et fragile, où nous vivons avec ses drames et le danger grandissant d'un terrorisme aveugle, en même temps qu'une propulsion dans un monde où le rêve doit devenir constante réalité afin que nous puissions continuer à vivre dans :

LA LIBERTÉ – L'ÉGALITÉ – LA FRATERNITÉ
Vive la paix dans le monde
Artistiquement et patriotiquement vôtre

Jean-Paul de Bernis
Chevalier de la Légion d'honneur
Médaille du ministère de la Jeunesse et des Sports
Chevalier de l'Ordre national du mérite
Médaille du ministère de la Défense
Chevalier de l'Ordre des Arts et Lettres
Médaille d'Or de l'Assemblée nationale
Commandeur des Palmes académiques
Médaille du Sénat
Commandeur du Mérite agricole

À l'attention de Mme Golda El Khoud
Secrétaire du prix Madanjeet Singh

Chère madame,

C'est avec une joie profonde que je recommande la candidature de Mr Guy Créquie au prix Madanjeet Singh.

Sa vie a été consacrée à la pensée et à la musique dans une perspective de rapprocher les êtres humains entre eux et d'aider à une compréhension mutuelle des civilisations et des religions.

Sa connaissance approfondie de l'histoire du Moyen-Orient et de l'Islam a été mise au service de l'entente entre les peuples dans une situation de tensions profondes.

Sa participation aux mouvements et aux initiatives de paix est impressionnante.

Son amour de la musique l'a rapproché de nombreux publics, ce qui lui a permis de donner toujours un message de paix.

Sa pensée philosophique a été mise au service de la tolérance.

Pour toutes ces raisons, en tant que titulaire du prix Madanjeet Singh 2009, je me permets de recommander

Très sincèrement sa candidature.

Ce n'est que très récemment que j'ai appris le décès de Mr Madanjeet Singh et cela m'a fait une grande peine.

Veuillez dire à son épouse que je participe à sa douleur. Sa mémoire reste vivante et le prix qu'il a institué porte des fruits de paix et de réconciliation universelle.

Je vous prie, chère madame, de croire à mes sentiments les meilleurs.

François Houtart

Professor en el Instituto de Altos Estudios Nacionales (I.A.E.N.)

Tel : (593) (2) 382 99 00 Ext 272
Fundación Pueblo Indio Del Ecuador
Calle Ruiz de Castilla N 26-92 y Sosaya – 170520 – Quito
ECUADOR
Tel. (593) (2) 32.12.100 Cel. (593) 9.69.55.06.40
Rue Kelle, 192/6 – B-1150 Bruxelles
Tel. (32) 476.31.50.53

Cher Guy,

Merci de nous parrainer pour cette exposition de photos et documentaire sur le Bambou-Guadua que j'aimerais proposer dans le cadre de « 2017 Año del Turismo Sostenible » votado por la UNWTO. J'ai construit mon hacienda en Colombie dans ce matériau merveilleux (économique, résistant, antisismique, thermique) dont j'aspire un jour à vous faire profiter les bienfaits sous les latitudes tempérées de la Colombie.

Mon père étant un lauréat de la fondation madrilène Fernando Rielo (Charles Carrère : Prix de poésie mystique) nous pourrons disposer de certains appuis (salons et réseaux) ainsi que d'une conférence à l'UNWTO et exposition d'artisanat en son siège de Madrid. Pour l'UNESCO, je n'ai plus de contacts depuis le départ de Mayor où j'y avais donné en son temps 2 concerts.

Merci d'avance pour votre précieux soutien.

Affections sincères,

Kizoa Editar Videos – Movie Maker : LA GUADUA MADERA DEL FUTURO https://l.facebook.com/l.php ? u=https % 3A % 2F % 2Fwww.youtube.com % 2Fwatch % 3 Fv % 3DIwi7Bu86YKc % 26spfreload % 3D10&h=ATNcwyv-l9bO2HGj4SL2pojLMS5UlK129LU6nfzLzymOu7zQVbx3uu7c JUPc8JWorcEHDej4bQbgyGr_G9i0WxhA2VS-WvYYS3YBlZLqfUFpJDDFdXmBBdzVP9RThfDudNam_Fbh DWwonzKVxtvE_bhsjQ

Note finale de l'auteur

À Mesdames et Messieurs
Les dirigeants des institutions,
États et gouvernements

Mesdames, messieurs

La déferlante pandémique de la COVID-19 au moment où je rédige cette contribution a provoqué à la date du 5 janvier 2022 dans le monde : la pandémie de COVID-19 a fait au moins 5,6 millions de morts dans le monde depuis décembre 2019, selon un bilan établi par l'AFP à partir de sources officielles souvent sous-estimées. Au 2 janvier, Les États-Unis sont, selon ces sources, le pays le plus endeuillé avec 826 000 morts, suivis par le Brésil (619 000), l'Inde (482 000) et la Russie (310 000). L'Organisation mondiale de la santé estime, en prenant en compte la surmortalité directement et indirectement liée au COVID-19, que le bilan de la pandémie pourrait être deux à trois fois plus élevé que celui officiellement recensé, soit 10 à 15 millions de morts. Nombre de personnes auront les séquelles durables de ce qui est appelé les COVID LONGS !

Jamais le nombre de personnes ayant besoin d'aide « n'a été aussi élevé », estime l'ONU. Il faudra à l'organisation au moins 41 milliards de dollars en 2022 pour secourir 183 millions de personnes parmi les plus vulnérables, dans un monde ravagé par la Covid, les conflits, et le changement climatique.

Il y a encore une année en arrière, des scientifiques émettaient l'hypothèse qu'avec une vaccination à 80 % de la population d'un pays connaîtrait l'immunité collective ! Or, la réalité a rendu caduque cette perspective ! L'apparition continuelle de nouveaux variants comme celui désigné omicron, particulièrement contagieux, l'inégalité de la vaccination selon les pays, « et le tout vaccination » privilégié dans maints pays qui a retardé les efforts pour la mise au point de nouveaux traitements ont conduit à la situation présente !

Il y a une année en arrière, les directions des laboratoires des vaccins à ARN messager indiquaient pouvoir adapter rapidement leurs vaccins s'il survenait de nouveaux variants. Nous y sommes avec ce variant omicron mais leurs vaccins sont déclarés rapidement non protecteurs ! Alors : à quand une version adaptée ? Tout ceci interpelle !

Ce moment de l'histoire marque nos vies et nos relations sociales : Confinement, reconfinement, couvre-feu, gestes barrière, péripéties de la vaccination, fermetures des bars et restaurants, des musées et salles de spectacles, absence ou limitation du nombre de spectateurs dans les stades ont été les marqueurs sociaux !

Au total des salariés, indépendants, artisans, commerçants, professions libérales, artistes, sportifs, dirigeants d'entreprises, de restaurants-bars, etc., privés de travail et de ressources malgré les aides, sont en grave dépression. Ils ont connu une détérioration de leurs conditions d'existence et parfois la fermeture de leurs établissements.

En France, après l'agence européenne du médicament, la haute autorité de santé s'est prononcée pour la vaccination des enfants de 5 à 11 ans en 2022. Dans un premier temps, il s'agirait de ceux présentant un risque de faire une forme grave de la maladie. Je continue à penser comme auteur, GC, que l'urgence est d'abord de vacciner les plus de 65 ans qui ne le sont pas. Le gouvernement français va convoquer son parlement début janvier 2022 et présenter un projet de loi visant à passer de l'obligation du pass sanitaire à celle du pass vaccinal. Des dispositions de confinement ont été décidées en Autriche pour le premier février 2022 et dans d'autres pays comme les Pays bas qui ont confiné durant les fêtes de fin d'année 2021. D'autres pays comme le Danemark, L'Irlande, l'Allemagne… ont procédé à de nouvelles restrictions.

Dans bien des nations, cette pandémie qui sévit depuis près de 2 années épuise psychiquement les populations, met à mal l'économie, aggrave les inégalités sociales, crée une désespérance internationale. Étant en permanence débordée par le virus, bien des gouvernements prennent des décisions qui restreignent les libertés individuelles et collectives et qui peuvent perdurer sans la vigilance démocratique des élus de la nation et des citoyennes et des citoyens.

2 autres dispositions s'avèrent indispensables :

1. Multiplier le séquençage dans les laboratoires d'analyses : Le séquençage, a expliqué le professeur Vincent Maréchal professeur de virologie à Sorbonne université, « c'est lire les 30 000 caractères du virus. C'est la seule façon de savoir s'il a muté. » Or, la France contrairement au Danemark et au Royaume-Uni en fait trop peu ;

2. L'installation de capteurs de CO2 en nombre dans tous les lieux recevant du public et dans les écoles avec le développement du variant delta et l'apparition de celui omicron est une impérieuse obligation sanitaire ! La précaution sanitaire ne concerne pas que les seuls individus : Le quoiqu'il en coûte motive des dispositions d'intérêt général financées par l'État et les collectivités régionales.

L'après-COVID-19 sera celui de la vaccination universelle pour avoir une immunité collective, mais le temps n'est pas encore venu !

Cette non-vaccination universelle provoque l'arrivée de variants qui empoisonnent nos existences.

Pour les pays les plus pauvres ou en difficulté, après le nouveau et urgent sommet du millénaire que je suggère, des moyens sont à mettre en œuvre.

L'UNESCO avec l'OMS en relation avec le G20 ont la mission (et à la suite d'un vote au sein du conseil de sécurité de l'ONU pour la garantie des moyens alloués y compris militaire) avec la fourniture des vaccins (en ciblant les urgences et les lieux) de s'atteler à combattre 2 obstacles rencontrés :

1. Celui de la logistique de la distribution des vaccins dans les pays pauvres ou en développement d'autant plus dans des

zones en conflit ou en guerre et avec parfois des corruptions existantes comprises à la tête de certains États.

2. Celui de contribuer à réduire la réticence aux vaccins par la coopération avec les autorités sanitaires locales dévouées et compétentes. En effet, il existe l'héritage dans nombre de ces pays de pratiques ancestrales avec des plantes, surtout le recours aux sorciers ou autres marabouts et chamanes qui influencent des populations.

Sur le plan international, certains épidémiologistes estiment que la vague du variant omicron serait une nouvelle génération de variants plus bénigne que les précédentes mais plus contagieuses et qui pourrait être la dernière vague pandémique ? Dans mon ouvrage relatif à la pandémie, édité par le même éditeur, j'en précise les conditions selon mon analyse.

Victor HUGO dit encore dans son célèbre ouvrage *William Shakespeare* :

« Construire quoi ?

Construire où ?

Construire comment ? »

Nous répondons :

« Construire le peuple,

Le construire dans le progrès,

Le construire par la lumière. […] »

Alors, mesdames, messieurs les dirigeants des États et des instances internationales, décidez dans l'intérêt des peuples et selon leurs attentes ! Sans la participation et l'adhésion des peuples, rien n'est durable !

Enfin, l'être humain n'est pas de part en part scientifique : il y a ce fait existentiel de la subjectivité ! La personne a besoin d'évasion, d'espoir, de rêve, d'amour… Des contraintes et restrictions durables peuvent provoquer des troubles psychologiques graves.

Respectueusement,

Écrivain français observateur social
Chanteur lyrique
Messager de la culture pour la paix par l'UNESCO
Membre de la Commission diplomatique mondiale des éducateurs pour la paix et désigné représentant pour l'Europe
Membre de l'Association internationale des artistes et auteurs
Lauréat de l'Académie européenne des arts
Docteur honoris causa par l'Académie mondiale de la culture et des arts

N. B. : Mon livre *Avec la pandémie de la COVID-19 et après,* qui sera publié vers mars 2022 par l'éditeur français à Paris Le Lys Bleu Éditions, traite de tous les enjeux du monde actuel et à venir !

L’arme nucléaire est la défaite de l’esprit humain ! (C’est la destruction de sa grandeur et de sa raison)

En 2021, il existe un peu plus de 13 000 têtes nucléaires déployées, en réserve ou en attente de démantèlement, à travers la planète. Ce stock est actuellement réparti entre les neuf puissances nucléaires : États-Unis, Russie, Chine, France, Royaume-Uni, Israël, Inde, Pakistan, Corée du Nord. Cependant ces pays sont loin d’être égaux en termes de puissance nucléaire. La Russie et les États-Unis restent toutefois loin devant, puisqu’ils détiennent environ 90 % des armes nucléaires de la planète avec 6 255 ogives pour Moscou et 5 550 bombes atomiques pour Washington.

Cependant une nouvelle grande puissance nucléaire pourrait voir le jour. Alors que les États-Unis et la Russie ont diminué légèrement leurs stocks d’armes nucléaires, la Chine continue d’accroître son arsenal atomique. Un rapport, publié par le Pentagone, a dévoilé que la République populaire a produit 60 ogives supplémentaires au cours de l’année 2021. L’institut estime que le gouvernement de Xi Jinping possède désormais 350 armes de destruction massive. La République populaire a récemment dépassé la France (qui compte un stock de 290 ogives) et se classe désormais au troisième rang des pays les plus nucléarisés.

Selon l’armée américaine, cet accroissement des capacités nucléaires de Pékin servirait à contrer les États-Unis dans la zone indopacifique. « L’accélération de l’expansion nucléaire de la Chine pourrait lui permettre de disposer de 700 têtes nucléaires d’ici à 2027 », indique ce rapport annuel, ajoutant qu’il est « probable que Pékin cherche à se doter d’au moins 1 000 têtes nucléaires d’ici à 2030 ».

À quoi sert-il d’avoir un tel arsenal aujourd’hui, ceci, alors que la puissance des engins nucléaires aujourd’hui suffit à quelques ogives pour détruire un pays ?

La Campagne internationale pour abolir les armes nucléaires vient de publier une étude qui estimait, pour 2019, que les dépenses des neuf États disposant d’armes nucléaires étaient de 72,9 milliards de dollars, pour un arsenal nucléaire composé de plus de 13 000 armes. Cela représente une dépense par minute de 138 699 dollars ! Des dépenses qui ont augmenté entre 2018 et 2019 de 7 milliards de dollars.

Les estimations (en dollars) réalisées dans le rapport *Enough is Enough : Global Nuclear Weapons spending in 2020* comprennent les coûts de fonctionnement et de développement des armes nucléaires ainsi que des vecteurs (sous-marins, bombardiers, missiles basés à terre) à capacité nucléaire.

États-Unis, 35,4 milliards $, soit 67 352 $ par minute.

Chine, 10,4 milliards $, soit 19 786 $ par minute.

Royaume-Uni, 8,9 milliards $, soit 16 933 $ par minute.

Russie, 8,5 milliards $, soit 16 172 $ par minute.

France, 4,8 milliards $, soit 9 132 $ par minute. En Euro cela représente pour 2019 une dépense de 4,45 Mds €, soit 8 466 € par minute.

Inde, 2,3 milliards $, soit 4 376 $ par minute.

Israël, 1 milliard $, soit 1 903 $ par minute.

Pakistan, 1 milliard $, soit 1 903 $ par minute.

Corée du Nord, 0,6 milliard $, soit 1 180 $ par minute.

ICAN France insiste sur le fait qu'il n'existe pas actuellement de transparence budgétaire sur la politique de dissuasion nucléaire. Certes, des documents parlementaires sont publiés, mais les chiffres donnés sont sciemment opaques rendant difficile, voire impossible un chiffrage exact de cette politique. De plus au détour d'audition (Général Bruno Maigret, commandant des forces aériennes stratégiques, juin 2019), nous apprenons que certaines dépenses ne sont pas comptabilisées comme liées aux armes nucléaires, mais comme appartenant au fonctionnement général…

Vous imaginez jusqu'où va la folie meurtrière, la fuite en avant de l'homme devenant un loup pour l'homme ! Avec de telles sommes, il serait possible de régler l'essentiel des fléaux de la planète ! Accentuer les mesures contre le dérèglement climatique, combattre efficacement la pauvreté, permettre à tout continent à tout pays où qu'il se trouve d'avoir une politique sanitaire digne de ce nom, l'accès aux soins par tous est une problématique d'autant plus actuelle avec la crise pandémique subie… Construire des hôpitaux, des logements sociaux, des écoles. Ainsi faire de l'éducation un pilier central permettant l'âge adulte la possession autonome de son raisonnement…

Un sous-marin nucléaire lanceur d'engins (SNLE), aussi connu comme SSBN (Sub-Surface Ballistic Nuclear) selon le code OTAN, est un sous-marin à propulsion nucléaire navale de très grande taille, équipé de missiles balistiques stratégiques à charge nucléaire en tubes verticaux et lancés en plongée. Il est également équipé en torpilles et en missiles à changement de milieu.

Autres la bombe larguée par avion ou les missiles tirés depuis un sous-marin nucléaire il existe l'arme nucléaire de petit format :

Une arme nucléaire tactique est une bombe A ou bombe H destinée à un usage sur le champ de bataille ou en arrière de celui-ci, visant des cibles tels quartiers généraux, concentration de troupes, bases militaires, moyens logistiques, navires et avions de combat et pouvant être portée par une vaste gamme de vecteurs. Elle produit une explosion d'une puissance variant entre 300 tonnes et 300 kilotonnes.

À quelques grands penseurs du XXe siècle qui ont milité contre la Bombe : Albert Camus, Jean Rostand, Lanza del Vasto, Théodore Monod. […]

Présentement la situation actuelle inédite est pire que celle connue sous le nom de guerre froide. Si le dialogue international n'aboutit pas on se dirige vers un bloc occidental du côté et un bloc : Chine, Inde, Russie, Iran, Turquie de l'autre.

Sauf, que si l'offensive russe n'a pas les résultats escomptés et que le désordre international continue et gêne leurs affaires : les Chinois qui aiment à la fois l'harmonie organisée et l'unité centralisée peuvent prendre un certain recul à l'égard du président Poutine !

Mais, nous n'en sommes pas encore là. Également, la Chine peut dire à Poutine jusqu'où elle peut le suivre on non !

La Chine réfléchit aussi à ce qu'elle pourra faire ou pas pour récupérer Taiwan dans ce contexte plus que mouvant et incertain.

Le 2 août 1939, le père de la théorie de la relativité et prix Nobel de physique 1921, le scientifique le plus célèbre qui soit au monde, Albert Einstein, signe une lettre destinée au président américain Franklin Roosevelt. On y lit notamment ceci : « Au cours des quatre derniers mois, grâce aux travaux de Joliot en France et à ceux de Fermi et Szilard en Amérique, il est devenu possible d'envisager une réaction nucléaire en chaîne dans une grande quantité d'uranium. » Et, un peu plus loin : « Des bombes d'un genre nouveau et d'une extrême puissance pourraient être construites. » Einstein semble inquiet que cette Allemagne nazie qu'il abhorre, et qui l'a contraint à se réfugier aux États-Unis en 1933, soit sur le point de se doter d'une telle arme. Il précise : « J'ai appris que l'Allemagne vient d'arrêter toute vente d'uranium des mines de Tchécoslovaquie dont elle s'est emparée. »

Le professeur Joseph Rotblat (1908-2005) fut l'un des nombreux scientifiques engagés dans le projet appelé Manhattan c'est-à-dire une entreprise menée sous la houlette des États-Unis pour mettre au point la bombe atomique pendant la Seconde Guerre mondiale ; mais il fut le seul à se retirer avant que le projet n'aboutisse.

En 2022, Il faut un nouvel appel mondial de grands scientifiques et penseurs de toutes disciplines appelant au désarmement nucléaire, à la ratification par tous les pays du TIAN (traité d'interdiction des armes nucléaires) et mon pays : la France doit se retirer du commandement militaire intégré de l'OTAN.

On nous parle de dissuasion nucléaire et certains commentateurs utilisent le conflit actuel russo-ukrainien et plus largement avec l'Occident pour la justifier, sinon, la célébrer ! mais alors : Depuis la signature du manifeste RUSSEL/EINSTEIN en 1955 à ceux qui affirment que les armes nucléaires empêchent la guerre je réponds : « Combien de guerres y a-t-il eu depuis ? » Vous connaissez la réponse !

On nous parle de dissuasion : c'est-à-dire qu'en soi, la possession de l'arme empêche son utilisation et qu'il est donc inutile d'en parler !

Mais si tel est le cas, pourquoi le président russe et donc Vladimir Poutine et des ministres de pays membres de l'OTAN brandissent-ils la menace ?

On nous dit : que la force nucléaire fait peur, et donc, qu'il est inutile d'en parler et de s'en servir ! Mais alors : pourquoi cette escalade de menaces de l'utiliser ?

Les pays détenteurs de l'arme nucléaire c'est-à-dire : Les États-Unis, la Russie, la Chine, la France, la Grande-Bretagne, la Corée du Nord, l'Inde, le Pakistan, Israël, et peut-être l'Iran si ce pays hélas possède l'arme nucléaire s'ils étaient conscients de leurs responsabilités devant l'histoire : pourraient décider de se réunir et, ensemble, signer le TIAN (traité d'interdiction des armes nucléaires).

Je pourrais encore disserter longtemps faire appel aux propos de X penseurs humanistes pour dérouler mon argumentation.

Ce jour, je prends un seul propos : celui de mon compatriote écrivain et homme politique Victor Hugo.

Dans son ouvrage fondamental *Les Misérables*, Victor Hugo (1802-1885) a écrit je cite : « Il y a un spectacle plus grand que le ciel, c'est l'intérieur de l'âme… » À un autre endroit, il a indiqué, je résume l'esprit, je n'ai pas le mot à mot sous les yeux « Les témérités éblouissent l'histoire et sont une grande fierté de l'homme. L'aurore ose quand elle se lève ! »

Copyright Guy Créquie
Écrivain et chanteur français observateur social
Lauréat de l'Académie Européenne des arts
Docteur honoraire de l'Académie mondiale de la culture et des arts et du congrès mondial des poètes
Messager de la culture de la paix par l'UNESCO
Représentant français d'ONG internationales de paix et d'harmonie, membre de la Commission diplomatique mondiale des éducateurs pour la paix affiliés à l'ONU et représentant pour l'Europe, membre de l'association internationale des auteurs et artistes, détenteur de titres académiques en France et à l'étranger…

Quelques aspects de la situation actuelle du conflit Russie/Ukraine-Occident !

Je dispose de reconnaissances internationales et je représente ou suis membre d'organisations mais ce jour, je m'exprime de façon strictement personnelle.

Certes, le président Poutine n'a pas respecté le droit international et c'est gravissime en attaquant l'Ukraine.

Certes, la situation au Donbass n'est pas nouvelle, et s'est aggravée depuis 2014, et les accords de Minsk n'ont pas été respectés s'agissant de la proposition d'accorder aux républiques russophones du Donbass leur autonomie.

Après la chute de l'URSS en 1991, à l'époque le Secrétaire général de l'ONU et le Président des États-Unis ont assuré au Président de l'URSS alors : Michaël Gorbatchev qu'il n'y aurait pas d'implantation de l'OTAN dans cette région, la désorganisation alors, et le climat politique étant suffisamment tendus.

Après l'implosion du système communiste de l'Est, le pacte de Varsovie a été dissous, mais ce ne fut pas le cas de l'OTAN.

Actuellement, 14 pays anciennement membres de l'ex-URSS ou du pacte de Varsovie ont rejoint l'OTAN, ainsi : l'engagement n'a pas été respecté !

Vladimir Poutine a des ambitions parmi lesquelles celle du retour à la grandeur de l'ex-URSS, et surtout de la période des tsars : Pierre le Grand et Catherine II de RUSSIE ! C'est un homme déterminé, dont l'ambition va bien au-delà de l'Ukraine, mais après 22 ans de pouvoir, il a le risque d'être renversé si à un moment donné, des oligarques influents et l'appareil militaire dominant estiment qu'il ne correspond plus à leurs intérêts ! Cependant, rien n'est acquis ou apparent à ce jour ; même s'il y a de la contestation vite réprimée, le peuple russe reste majoritairement derrière son président.

Présentement, l'aide occidentale à l'Ukraine ne se limite plus à la diffusion d'armes défensives, elle intègre aussi celle d'armes offensives : chars, missiles, blindés… que le pouvoir russe assimile à une intervention directe dans le conflit et si le conflit perdure, il menace d'utiliser d'autres moyens militaires et des armes chimiques et biologiques ? Ou le nucléaire tactique ?

Actuellement, la guerre peut durer si l'armement classique l'est des 2 côtés, mais avec encore combien de morts et de destructions par les frappes russes notamment s'agissant des infrastructures : routes, ponts, voies ferrées, aéroports… ?

Les États-Unis poussent les pays européens à aller plus loin dans leurs fournitures d'armes, mais ce pays augmente ainsi ses ventes d'armes aux pays européens comme ses avions livrés à l'Allemagne et non les rafales français, ainsi que son gaz de schiste extrait par fracturation et qui dégrade le climat, ceci alors que le GIEC prédit la catastrophe si d'ici 3 années des mesures radicales de protection du climat ne sont pas mises en œuvre.

Le fait d'annoncer sans retenue par le président américain l'aide militaire à l'Ukraine et surtout d'annoncer que l'objectif est d'affaiblir la Russie ne contribue pas au dialogue ! Ceci, même si Poutine a de lourdes responsabilités dans le climat actuel, et qu'il cherche à déstabiliser l'Occident avec l'appui de la Chine laquelle, est en compétition avec l'Occident, et attend de voir comment la situation évolue et si elle l'estime défavorable, elle peut créer un autre front en s'emparant de Taiwan !

Il convient de bloquer le Président russe par le dialogue ferme mais sans provocation, en lui faisant mesurer tant pour le monde que pour son propre pays des risques d'utiliser des armes pouvant détruire bien des pays, dont le sien ! I n'est pas seul à posséder des armes de destruction massive et lui qui est orgueilleux, qui veut marquer l'histoire, il faut lui démontrer qu'il ferait l'inverse comme destructeur de l'humanité.

Il y a déjà trop de crimes de guerre en Ukraine ! Oui : il y a des laboratoires installés en Ukraine pour la recherche biologique et chimique avec l'aide des Américains que les Russes aimeraient récupérer d'où l'aide des États-Unis et leurs efforts afin que la partition de l'Ukraine s'il y a, concerne le Donbass et si impossible de faire autrement, toute la partie sud de l'Ukraine depuis la Crimée, Odessa, Marioupol et donc les mers Noire et d'Azov pour contrôler le commerce et les venues mais pas la capitale Kiev et le Nord ukrainien.

Plutôt que de dire : « La guerre va durer », les pays occidentaux devraient se prononcer pour la réduction des armements à commencer par la signature par tous les pays du TIAN (traité d'interdiction des armes nucléaires) et envisager à la fin de conflit la suppression de l'OTAN !

Les pays occidentaux semblent plus résignés à encourager la guerre en livrant des armes qu'à œuvrer par tous les moyens à une issue négociée !

L'ONU, l'Union européenne et le G20 auraient pu valoriser et démarcher la Russie lorsque le Président ukrainien a indiqué qu'il renonçait à adhérer à l'OTAN, à reconnaître l'autonomie des républiques russophone du Donbass, accepter la situation actuelle en Crimée.

L'une des conséquences hélas de ce conflit est que certains pays qui avaient affiché une neutralité comme la Suisse, l'Autriche et l'Allemagne, sortent de leur neutralité et pire : Des pays qui avaient décidé une certaine neutralité depuis 1955 comme la Finlande et la Suède envisagent de rejoindre l'OTAN ce qui ne peut qu'aggraver les tensions !

À noter que la Russie ne parle pas de guerre à l'Ukraine mais de la libérer des nazis, ce sont là des propos abusifs, pire inadmissibles, mais qui demandent explication car le nazisme et l'antisémitisme y ont trouvé historiquement quelques points d'appui. Ultérieurement, il faudra aborder quelques points de la réalité de l'histoire de l'Ukraine !

Signalons également l'hypocrisie de certains médias et dirigeants d'États occidentaux qui se présentent comme de grands protecteurs du climat ; non seulement il nous sera demandé d'applaudir des footballeurs au Qatar surpayés dans des stades en plein désert qui ont nécessité que des employés y laissent leur vie, et qui lors des compétitions en heures chaudes seront climatisés : on croit rêver, bravo le climat. Quelle duplicité !

Quant aux fournitures de gaz et de pétrole en dehors de la RUSSIE, il n'y a pas des gazoducs de partout ! Pour le pétrole et selon, il faut utiliser les oléoducs, les tankers sur les mers et les pipelines. S'agissant du gaz pour le transporter hors gazoducs, il faut le liquéfier, et utiliser des méthaniers sur les mers comme pour les tankers : bravo la pollution !

Enfin, indiquons que si Poutine exige et contrôle des médias inféodés à sa botte et sanctionne voir brutalement les récalcitrants, en Occident notre système est certes plus subtil ! Les grands médias juridiquement sont séparés du pouvoir, mais ils sont souvent des sponsors qui eux sont liés au pouvoir avec la conception libérale du marché roi ! Ainsi, en réalité, ces grands médias télévisés sont identiques sous l'angle qu'ils répètent tous le même discours au-delà des différences de statut, et de conception des programmes et de propriétaires ! Ainsi, on nous parle du risque de 3e guerre mondiale comme une option possible qui devient banalisée, raisonnable, presque une option comme une autre !

Personnellement, j'aurais préféré une visite plus rapide du Secrétaire général de l'ONU à Moscou et Kiev non apparaissant comme une visite d'accompagnement de la guerre et des mesures humanitaires, mais avec l'ambition de prévention et une force d'interposition composée de Casques bleus aurait pu être déployée et ainsi l'armée russe aurait eu d'autres enjeux et difficultés si intervention, et un recul de l'intervention aurait pu être enregistré et une négociation s'enclencher plus rapidement.

Alors, que le président Poutine a été mal reçu en début de mandat quant à son rapprochement avec L'Union européenne, aujourd'hui, celle-ci lui apparaît être une instance ennemie, qui le combat et par exemple en début de conflit il aurait pu être sollicité l'OSCE (l'organisation pour la sécurité collective en Europe) comme force de proposition, jouant un rôle plus détaché des idéologies politiques, permettant peut-être un dialogue plus en confiance avec la Russie ! Enfin ! À SUIVRE !

Avec le fonctionnement actuel des institutions européennes et des procédures actuelles plus que longues, l'Ukraine devrait attendre approximativement 2040 pour être admise. Actuellement, ce sont les États-Unis disposant de plus de moyens qui financent le plus l'Ukraine en armement et chacune, chacun connaît le poids croissant de la Chine dans l'économie mondiale.

Ainsi, le Président français Emmanuel Macron propose de réformer les traités européens et de créer un comité politique européen qui permettrait d'accélérer le rythme évolutif de l'UE (Union européenne).

Néanmoins, le rêve et la réalité ne font souvent pas bon ménage !

Dans ce contexte, si la guerre s'éternise avec les armements traditionnels avec ni vainqueurs ni vaincus, le président russe peut être tenté d'appliquer la loi martiale pour mobiliser toute la partie active de son peuple.

Ensuite, reste ce risque d'utiliser des armes chimiques avant le recours au nucléaire tactique avec un moindre rayonnement mais avec beaucoup de dégâts pour la zone couverte.

Le risque n'est pas à écarter même si cette possibilité reste plus qu'improbable.

Cependant, le président Poutine humilié et blessé peut alors encore utiliser cette ressource et il reste imprévisible.

De plus en plus, est accolé au mot « guerre » des qualificatifs lesquels de fait obscurcissent le drame de la guerre et en altèrent la réalité destructrice.

C'est ainsi que des expressions du type : guerre défensive, guerre stratégique, guerre tactique, guerre religieuse, guerre juste, guerre hybride, guerre psychologique… fleurissent ! Une mise au point de la philosophie interpellant la guerre s'impose dans les mois à venir.

À l'heure où j'écris, fin mai 2022, avec la crise énergétique provoquée par ce conflit, la Russie en bloquant les livraisons de blé et de mais peut créer une crise alimentaire internationale notamment pour des pays ou ce besoin est vital : pays africains, l'Égypte, la Tunisie, certains pays asiatiques et autres.

Ceci d'autant plus que la sécheresse anormale depuis février prive de livraison des pays producteurs comme L'inde et amplifie le drame.

Sans une négociation directe rapide entre les présidents russe, ukrainien, américain, et des représentants de l'Union européenne, un risque géopolitique d'extension du conflit est posé.

Les États-Unis ont débloqué 40 milliards de dollars pour aider l'Ukraine. 20 pays annoncent des aides militaires à l'Ukraine Dans ces conditions, les Russes procèdent par destruction grâce à leur artillerie et ils grignotent du terrain. Ace jour, la guerre n'est gagnée par aucun des deux pays mais les Russes progressent dans le Donbass.

L'inquiétant : est que les Russes annoncent disposer à l'automne de 50 missiles Satan 2 (nouvelles armes atomiques.) Ils disposent déjà de missiles hypersoniques présentés comme indétectables. Cette volonté de puissance, cette démonstration de force, ne prédisposent pas à la paix.

La partition de l'Ukraine en accaparant le Sud-est/d'Odessa à la mer d'Azov en remontant sur le Donbass reste l'ambition russe lequel présentement avec l'armement classique, n'a pas les moyens d'occuper tout le pays grand comme la France.

Cette partition réalisée, alors, Vladimir Poutine peut être enclin à une négociation et à l'arrêt des combats en exigeant la reconnaissance des territoires acquis avec la Crimée précédemment, ce que refusent les Ukrainiens qui désirent conserver leur territoire ! Tout reste, à faire, ceci, alors que je termine ce livre.

L'auteur, le 31 mai 2022

Présentation de Guy Créquie

Guy Créquie, je suis écrivain et chanteur à voix. Gil Conti est mon nom de chanteur lyrique.

Je suis né avec un grave handicap visuel, lequel a handicapé mon enfance et mon adolescence. C'est de 40 à 45 ans que je suis passé du niveau des études élémentaires au troisième cycle universitaire. Resté 43 ans sans chanter, j'ai renoncé au chant à cause de mon niveau scolaire alors et de mon souci visuel, j'ai repris celui-ci après être resté 43 ans sans chanter ; de 1965 à 2008.

Depuis, mon cas interpelle les maestros et musicologues. Malgré un long manque d'entraînement, je suis encore capable à 79 ans d'interpréter les airs lyriques les plus exigeants.

Poète : auteur de 13 recueils poétiques publiés, je suis surtout essayiste et observateur social avec 24 livres publiés à finalité philosophique. Je suis Lauréat de l'Académie européenne des arts, messager de la culture de la paix par l'UNESCO, membre de l'Association internationale des auteurs et artistes, Docteur honoraire par l'Académie mondiale de la culture et des arts et le congrès mondial des poètes.

Je suis membre de réseaux internationaux de paix et d'harmonie. En 2019, j'ai été désigné membre de la Commission diplomatique mondiale des éducateurs pour la paix et représentant pour l'Europe en 2020. J'ai rempli des missions d'observateur social au sein d'une grande entreprise publique française, et j'ai formé 350 enseignants et enseignants de mon pays sur des problématiques de société.

Annexes
Quelques exemples de reconnaissances et distinctions reçues : UNESCO, ONU, académies internationales, autres

Ces documents qui sont insérés par l'éditeur le sont selon son libre choix, illustrant pour le mieux mes propos. Ils lui ont été adressés à part par envoi séparé.

Clubs UNESCO
Fédération Française

Paris, le 6 juillet 2009

Le Président

Dossier suivi par
Ahmadou DIAGNE

Madame, Monsieur,

Monsieur Guy CREQUIE, poète, écrivain et chanteur lyrique pour la paix, bénéficie de notre confiance et du soutien de la Fédération française des Clubs UNESCO, lorsqu'il se déplace à l'étranger pour des conférences, lectures de poèmes, et comme interprète d'airs lyriques populaires au service de la paix et de l'harmonie.

Conformément aux valeurs de l'UNESCO que nous mettons en oeuvre, la voix, lorsqu'elle est porteuse d'universalité, a la force de relier tous les êtres humains.

Monsieur Guy CREQUIE, lauréat de l'Académie Européenne des arts, Docteur Honoris Causa de l'Académie mondiale de la culture et des arts et messager de la culture de la paix de l'UNESCO, est un digne représentant des valeurs que nous promouvons.

Yves LOPEZ

FFCU - 173, rue de Charenton 75012 Paris – www.clubs-unesco.org - courriel : contact@clubs-unesco.org
téléphone : (33) 01 42.58.68.06 - télécopie : (33) 01 46.06.28.08
N° SIRET : 775 666 456 00063 - N° APE : 913 E

SOCIEDAD ARGENTINA LETRAS, ARTES Y CIENCIAS

SOCIEDAD ARGENTINA de LETRAS, ARTES y CIENCIAS
BIBLIOTECA POPULAR JOAQUIN V. GONZÁLEZ S.A.L.A.C.

Personería Jurídica decreto 9105 serie "A"

CERTIFICADO de CORRESPONSAL INTERNACIONAL

Certificamos que el Escritor y Poeta: GUY CREQUIE

El Consejo Directivo de la Sociedad Argentina de Letras, Artes y Ciencias SALAC ha nombrado Corresponsal Internacional al Escritor Guy Crequie de la Ciudad de Venissieux - Francia. Se le agradece su participación a favor de la Cultura Nacional y Mundial.

Córdoba 19 de Agosto de 2012

Elva del Carmen González
Secretaria Nacional de S.A.L.A.C.

SOC. ARG. de LETRAS, ARTES Y CIENCIAS S.A.L.A.C. CENTRAL CÓRDOBA

Rubén Pasino
Presidente de S.A.L.A.C. Nacional

Accademia Internazionale
Il Convivio

Il Presidente dell'Accademia Internazionale Il Convivio *in rappresentanza del Comitato Direttivo si pregia di conferire la nomina di*

Accademico

a Guy Crépuil

Verzella 30 agosto 2003

Il Presidente
Angelo Manitta
Angelo Manitta

* Il presente diploma, registrato al n. 488, viene rilasciato una sola volta all'atto di adesione all'Accademia

THE PRESIDENT

AND

THE BOARD OF DIRECTORS

OF THE

INTERNATIONAL WRITERS AND ARTISTS ASSOCIATION

do hereby recognize that

Mr. Guy Crequie, IWA

has been chosen for distinguished standing and has been conferred with a membership.

Teresinka Pereira
Teresinka Pereira

February 21, 2011
Date

PRIZE-WINNING CERTIFICATE

THE INTERNATIONAL POETRY TRANSLATION AND RESEARCH CENTRE

THE JOURNAL OF WORLD POETS QUARTERLY(Multilingual)

THIS IS A CITATION OF MERITORIOUS ACHIEVEMENT
TO

GUY CREQUIE
[FRANCE]

I HAVE THE HONOUR TO INFORM YOU THAT ON THIS
28 DAY OF DECEMBER 2005
YOU HAVE BEEN APPOINTED BY THE
IPTRC VOTING INTERNATIONAL EXECUTIVE COMMITTEE
AS THE INTERNATIONAL BEST

POET

OF THE YEAR 2005

THE INTERNATIONAL POETRY TRANSLATION AND RESEARCH CENTRE

DR.ZHANG ZHI,PRESIDENT OF IPTRC

THE JOURNAL OF THE WORLD POETS (MULTILINGUAL)
混語版
世界詩人
雜誌社

The City of Kenosha

Guy Crequie

It was a pleasure to meet you and have you
as guests here in the City of Kenosha.
It is our hope the friendships and warmth you have found
here will follow you home to your country.

May the light of what you have experienced here
spread to all the corners of the world

Peace be with you!

Keith G. Bosman, Mayor

El Municipio Autónomo de Mayagüez
se complacen en invitarle a la

Velada concierto del tenor francés Guy Crequie, mejor conocido como Gil Conti

Conti quien es reconocido por su trayectoria como poeta, humanista, tenor y filósofo, interpretará un repertorio de canciones, leerá poemas y ofrecerá un discurso humanístico para el deleite de la comunidad mayagüezana.

sábado, 31 de marzo de 2012
4:00pm
Museo Eugenio María de Hostos
Bo. Rio Cañas
RSVP 787-833-1650

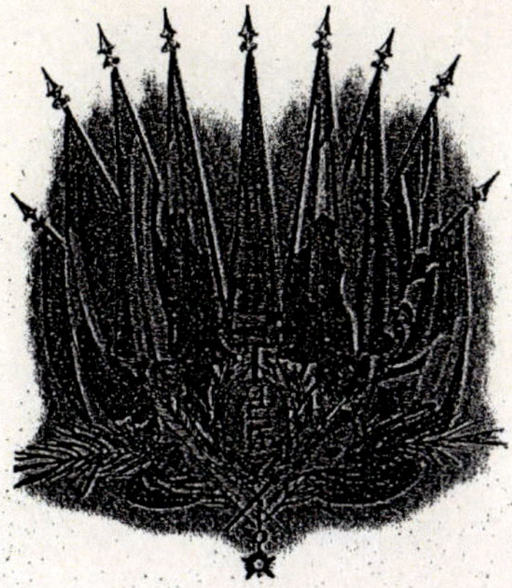

ACADÉMIE EUROPÉENNE DES ARTS

Association sans but lucratif inscrite au Moniteur belge du 12 juillet 1979, sous le n° 7722 et déclarée à la préfecture de Paris, le 13 septembre 1965 sous le n° 65/1022 (loi du 1er juillet 1901)

Président général fondateur : M. Maurice GIBERT
Cofondatrice : Melle Consuelo BARRIO

Le comité directeur international
et le jury de l'Académie européenne des Arts,
en vertu de ses statuts ont décerné à

M Guy CRÉQUIE

France - Nouvelle - poésie libre.

le présent diplôme avec médaille de Vermeil - Grand prix international.

en hommage à sa valeur artistique. 32E SALON

Date : 02 06 2002 *Enregistré sous le n°* 19/02/L GEMBLOU

Le président international,
A. MOHIMONT

Le secrétaire général,
A. CRÉPIN

Le trésorier général,
J.J. ROUSSEAU

ACADÉMIE EUROPÉENNE DES ARTS

Relations publiques inter.,
Cl. KEUTER

Le conseiller littéraire,
D. PRÉVOT

World Academy of Arts and Culture

REGISTERED IN THE STATE OF CALIFORNIA, UNITED STATES OF AMERICA

Diploma

The Board of Trustees
of the World Academy of Arts and Culture
hereby confers upon

Guy Crequie

the Honorary Degree of

Doctor of Literature (Litt.D)

With all the rights and privileges there unto appertaining

Issued at the XXII World Congress of Poets
in Iasi, Romania on this 29th day of October 2002

ROSEMARY C. WILKINSON
President

JUSTICE S. MOHAN
Vice President

MILAN RICHTER
Vice President

MAURUS YOUNG
Secretary General

32 WCP- World Congress of Poets
Israel 04/09/2012 – 08/09/2012

Under the auspices of WAAC -the World Academy of
Arts and Culture Inc.

CERTIFICATE to

Guy Crequie

For your participation and important contribution to the
success of this Congress.

Israel, September 2012

Dr. Maurus Young
President of WAAC

Prof. Dr. Ernesto Kahan
President of 32 WCP

XXXI WORLD CONGRESS OF POETS

A Gathering of Poets to Promote World Brotherhood and Peace

CERTIFICATE

of Appreciation for your fine Contribution and Participation

Guy Crequie

President of the 31st World Congress of Poets

The Honorable Keith Bosman, Mayor of the City of Kenosha

97 year old Kenosha Artist

Dr. Ernesto Kahan – Executive Vice President

Vice President William P. Schmitt, Jr.

Vice-President Stacey Mia

XXXI WORLD CONGRESS OF POETS

A Gathering of Poets to Promote World Brotherhood and Peace

CERTIFICATE

of Appreciation for your fine Contribution and Participation

And being the Voice of Mario Lanza for our Congress.

Guy Crequie

97 year old Kenosha Artist

Mary Ann Lackovich
President of the 31st World Congress of Poets

The Honorable Keith Bosman, Mayor of the City of Kenosha

Dr. Ernesto Kahan – Executive Vice President

Vice President William P. Schmitt, Jr.

Stacey DK Mia
Vice-President Stacey Mia

This Medal
is awarded to

Guy Créquie

in remembrance of his/her contribution to the success of the XXIX World Congress of Poets Budapest.

Milan Richter
Vice-president
XXIX. World Congress of Poets

István Turczi
President
XXIX. World Congress of Poets

Anna Turczi
General Manager
XXIX. World Congress of Poets

32 WCP- World Congress of Poets
Israel 2012

Under the auspices of the World Academy of Arts and Culture

This

Presidential Medallion

Is awarded to

Guy Crequie

32 WCP Ambassador in France

In appreciation for Literary Excellence, Peace Activities and great contribution to the 32 World Congress of Poets

Dr. Luis Alberto Ambroggio
President of honor 32 WCP

Prof. Dr. Ernesto Kahan
President 32 WCP

ASCOP - CITOYENS du MONDE

Assemblée Consultative auprès du Congrès des Peuples

CERTIFICAT DE CITOYENNETE MONDIALE

Délivré à..Guy.....CREQUIE.........................

CONSCIENT DE SES RESPONSABILITES DE CITOYEN DU MONDE
EN QUALITE DE MEMBRE DE LA COMMUNAUTE MONDIALE

- RECONNAIT LA DIGNITÉ INHÉRENTE À TOUS LES MEMBRES DE LA FAMILLE HUMAINE ET DE SES DROITS ÉGAUX ET INALIÉNABLES QUI CONSTITUE LE FONDEMENT DE LA LIBERTÉ, DE LA JUSTICE ET DE LA PAIX DANS LE MONDE.
- ACCEPTE DE PROMOUVOIR LA PAIX, LE REFUS DES DISCRIMINATIONS, L'ÉGALITÉ DEVANT LA LOI ET L'ESPRIT DE SOLIDARITÉ

CONSCIENT DE SES DEVOIRS DE CITOYEN ENVERS LA TERRE

- ACCEPTE DE CONTRIBUER À LA PROTECTION ET SAUVEGARDE DE L' ENVIRONNEMENTET À LA PRÉSERVATION DES RICHESSES ET DE LA BIODIVERSITÉ DE NOTRE PLANÈTE POUR LES GÉNÉRATIONS PRÉSENTES ET FUTURES,

CE CERTIFICAT A ÉTÉ DÉLIVRÉ AU TITRE « D'ENGAGEMENT PERSONNEL » ET DE « VOLONTÉ DE PARTICIPATION » À UNE CITOYENNETE, UN CIVISME ET UNE SOLIDARITE MONDIALE

APPROUVÉ ET PARAPHÉ

FAIT À Sorens LE 10 Decembre 2009

Le secrétaire général ASCOP / Alain Bac

TERCER CONGRESO UNIVERSAL DE POESIA HISPANOAMERICANA.

CUPHI III

Los Ángeles, 20 de Marzo del 2013.

C. Filósofo y Cantante
Mr Guy Crequie,
Destacado en las Letras y las Artes
A nivel Internacional
Lyon, France.

En nuestro carácter de Asesor Vitalicio, Directora General del CUPHI Y SIPEA, (Sociedad Iberoamericana de Poetas, Escritores y Artistas), así cómo del Presidente Ejecutivo del Tercer Congreso Universal de Poesía Hispanoamericana, (CUPHI III), le presentamos el merecido nombramiento como ***Embajador de la Paz a través de la Cultura***, el cual le será otorgado Julio 6-12, 2014, en la ciudad de Los Angeles, California. Su presencia es de gran importancia para nuestro Congreso, para dar su ponencia, participar en los conversatorios literarios, y compartir su canto.

Por ser binomio de paz y fraternidad mundial, por su destacada labor cultural, y por su afinidad y compromiso con el **Tercer *CONGRESO UNIVERSAL DE POESÍA HISPANOAMERICANA, CUPHI III***, convocamos la luz de su vision intelectual para que ilumine este evento y sea usted tambien símbolo relevante de la Cultura de América en el marco de este Congreso.
Es un honor igualmente, tener la interpretación de su tema de opera en el marco del CUPHI III.
Avalamos por completo cualquier actividad y difusión que realice, en base al respaldo de su reconocido poder de convocatoria a nivel mundial y con la seguridad de que las presentes letras merecerán su amable aceptación, nos es grato patentizarle la seguridad de nuestra respetuosa y elevada consideración.

ATENTAMENTE

Dr. Litt. Manuel S. Leyva Martínez
Asesor Vitalicio

Carmen Rojas Larrazábal
Presidente Ejecutivo, CUPHI III.

Paseo Ensenada 1501 Secc Jardines fracc. Playas de Tijuana C. P. 22504. Tijuana B. C. México Manuel S. Leyva maleymar@hotmail.com Tel.: 01152-664-6308328 sábados y domingos 01152-664-680-2625. Carmen Rojas Larrazabal carmencuphi3losangeles@gmail.com ;661-916-8470; www.sipeaiberoamericana.com Elizabeth Leyva Riveral elizabethleyvarivera@hotmail.com

CLUB de la PRESSE de LYON

ASSOCIATION DE JOURNALISTES ET PROFESSIONNELS DE LA COMMUNICATION

Lyon, le 9 juillet 2009

Monsieur,

Soucieux de promouvoir toute tentative qui concoure à la Paix et à la défense de la liberté de l'information, le Club de la Presse de Lyon apporte tout son soutien à l'initiative de Guy Créquie qui vous est présentée ci-joint.
Dans la fuite en avant que constitue la volonté de plusieurs Etats de se doter d'armes nucléaires, rappeler, 60 ans après, ce que furent réellement les deux explosions d'Hiroshima et de Nagasaki, ne peut en effet qu'inciter à la prudence et à la réflexion.

Je vous prie de croire en l'expression de mes sincères salutations.

CLUB DE LA PRESSE
4, Rue de la Charité
69002 LYON
Tél. 04 78 37 75 45
Fax 04 72 41 02 82

Jean-Claude PENNEC
Président

CLUB DE LA PRESSE :
4 rue de la Charité
69002 LYON
Téléphone
04 78 37 75 45
Télécopie
09 57 13 86 96

CULTIVONS LA PAIX

RESPECTER TOUTES LES VIES

REJETER LA VIOLENCE

LIBÉRER SA GÉNÉROSITÉ

ÉCOUTER POUR SE COMPRENDRE

PRÉSERVER LA PLANÈTE

RÉINVENTER LA SOLIDARITÉ

Monsieur Guy CREQUIE est nommé(e)

Messager du Manifeste 2000

en reconnaissance de sa contribution au
Mouvement Mondial de la Culture de la Paix
et de la Non Violence

UNESCO, Paris le 13 juin 2000.

(Tampon : RÉPUBLIQUE FRANÇAISE — POUR L'ÉDUCATION LA SCIENCE ET LA CULTURE (UNESCO) PARIS)

2000 ANNÉE INTERNATIONALE DE LA CULTURE DE LA PAIX

ASSOCIATION MERITE ET DEVOUEMENT FRANCAIS

Organisation d'absolue neutralité (Loi du 1er juillet 1901 - Décret du 16 août 1901) déclarée sous le N° 57921 - C.C.P. 16-079-14 N PARIS

Correspondance :

55, rue des Alpes - 26000 VALENCE

Tél. 04 75 43 32 15 - Fax 04 75 43 12 12

Port. : 06 28 04 47 12

Paris le 15-02-2016

à Madame Golda EL KHOURY
Secrétaire du Prix
MADANJEET SINGH
Secteur Sciences Sociales et Humaines
UNESCO
7 Place de Fontenoy
75352 PARIS 07 SP

Madame la Secrétaire,

J'ai le grand honneur de vous recommander tout particulièrement la candidature de Monsieur Guy CREQUIE (de Vénissieux) pour le Prix MADANJEET SINGH - 2016 " de la tolérance et de la non violence".

Je connais bien cet homme d'exception, depuis 1998, et je peux attester de son total engagement dans les Mouvements de la Paix, de l'UNESCO où en 2000 il fut nommé "Manager de la Paix"; ou dans diverses Associations philanthropiques ou humanitaires ou au sein d'Académies socio-culturelles, sans oublier le réseau de Paix et d'Harmonie.

Ma double qualité de Président général mondial de l'Académie du Mérite et Dévouement Français et de V. Président national de l'Académie des Arts-Sciences-Lettres m'a permis d'appréhender durant 18 ans son cursus et ses C.V. successifs lui ont permis d'accéder aux plus hautes marches des Médailles d'OR de nos 2 Académies.

2

Jean-Paul de BERNIS

Chevalier de la Légion d'Honneur
Chevalier de l'Ordre National du Mérite
Commandeur des Palmes Académiques
Commandeur du Mérite Agricole
Chevalier de l'Ordre des Arts et des Lettres
Médaille de la Jeunesse et des Sports
Médaille du Ministère de la Défense
Médaille de Vermeil de la Ville de Paris
Médaille d'Or Conseil Régional Ile de France
Faculté de Droit
Ecole de Notariat
Institut Hautes Etudes
de Défense Nationale

Valence, le 15-02-2016

à : Mme EL KHOURY Golda
Secrétaire du Prix MADANJEET SINGH
UNESCO

Par courrier séparé, il m'est agréable de vous joindre (un tirage papier de mon informatique) la copie de la dernière Préface dont je viens de la gratifier pour son merveilleux recueil : « Poésie de la paix et de l'harmonie ».

Nul ouvrage eût pu mieux asseoir et réhausser cette valeureuse candidature, qui j'ose l'espérer fera l'objet d'une attention toute particulière de votre Jury de cet honorable et prestigieux Prix, tant recherché à travers le monde.

Veuillez, je vous prie, Madame la Secrétaire, agréer l'expression de mes sentiments de profonde gratitude avec mes hommages respectueux.

Jean-Paul de Bernis

Chevalier de la Légion d'Honneur

MÉRITE ET DÉVOUEMENT FRANÇAIS
COMMISSION SUPÉRIEURE DES RÉCOMPENSES

55 rue des Alpes 26000 VALENCE ☎ 04 75 43 32 16 Fax. 04-75-43 12 12

United Nations Educational, Scientific and Cultural Organization
Organisation des Nations Unies pour l'éducation, la science et la culture
Organización de las Naciones unidas para la educación, la ciencia y la cultura

UNESCO
Coordination Culture de la Paix
7, place de Fontenoy
75352 Paris 07 SP - France

Tel: 33 (0)1 45 68 13 49
Fax: 33 (0)1 45 68 55 57
http://www.unesco.org/cp

Ref : DSP/PMR/2004/20

Paris, le 15 avril 2004

M. Guy Crequie,

C'est avec beaucoup de plaisir et d'honneur que je vous réponds. Vos textes et réflexions nous ont, ici, beaucoup touché et nous souhaitions vous féliciter pour l'accomplissement d'un tel travail au profit de la Culture de la Paix, des Droits de l'Homme et de l'Humanisme en général. Vos œuvres représentent, et vous en avez déjà eu la preuve avec les publications faîtes par l'UNESCO et les différents diplômes honorifiques que vous avez reçus, un terreau d'idées et d'inspiration pour nous tous.

J'en profite pour saluer votre initiative conduite en collaboration avec Mme Josette Sala, consistant en la création d'un club Unesco à Vaulx-en-Velin. C'est grâce à des actions comme les votre que le dialogue interculturel et la culture de la Paix se propagent et permettent au travail de notre organisation d'avoir un relais local, plus efficace et proche des gens. Je suis sûr que votre club rencontrera un grand succès, vous permettant ainsi de développer de plus en plus de projets et de gagner en autonomie. En tout cas soyez certain de mon soutien pour votre action au sein du club UNESCO et pour vos publications à venir.

Il reste encore beaucoup à faire dans le domaine de la culture, de l'éducation et de la paix et nous comptons sur des actions citoyennes comme les votre pour faire avancer notre société qui plus que jamais à besoin d'un souffle solidaire et d'ouverture que vous avez déjà commencé à propager.

Veuillez recevoir Monsieur mon soutien et l'expression de mes sentiments distingués.

Aurore Salinas

M. Guy Crequie
53 rue Auguste Renoir
69200 VENISSIEUX

United Nations
Educational, Scientific and
Cultural Organization

Organisation
des Nations Unies
pour l'éducation,
la science et la culture

Organización
de las Naciones Unidas
para la Educación,
la Ciencia y la Cultura

Организация
Объединенных Наций по
вопросам образования,
науки и культуры

منظمة الأمم المتحدة
للتربية والعلم والثقافة

联合国教育、
科学及文化组织

La Directrice générale

Monsieur Guy CREQUIE
53, rue Auguste Renoir
69200 VENISSIEUX

Réf. : DG/12/23

10 FEV. 2012

Monsieur,

Je vous remercie pour l'aimable don fait à mon endroit.

Ce disque porte des mélodies qui témoignent, s'il en était besoin, de la force et de l'aura de la musique, un art majeur que l'UNESCO a toujours considéré comme un porte-drapeau de la diversité des cultures et des traditions, et comme vecteur fondamental dans l'édification de la paix dans l'esprit des hommes.

En vous souhaitant heureux succès dans vos projets à venir, je vous prie d'agréer, Monsieur, l'assurance de ma considération distinguée.

Irina Bokova

Irina Bokova

7, place de Fontenoy
75352 Paris 07 SP, France
Tél. : +33 (0)1 45 68 10 00
Fax : +33 (0)1 45 68 55 55
www.unesco.org

BIBLIOTHÈQUE DE
L'OFFICE DES NATIONS UNIES À GENÈVE

BUREAU DE LA CHEFFE

LIBRARY OF
THE UNITED NATIONS OFFICE AT GENEVA

OFFICE OF THE CHIEF

Palais des Nations
CH - 1211 GENÈVE 10

Tl: +41 (0) 22 917 30 50
Fax: +41 (0) 22 917 01 58

Palais des Nations
CH - 1211 GENEVA 10

Le 4 décembre 2015

Monsieur,

Au nom du Directeur général de l'Office des Nations Unies à Genève, je vous remercie de votre don pour la Bibliothèque de l'Office des Nations Unies à Genève de l'ouvrage "Philosophy Today – Philosophy Tomorrow".

J'apprécie sincèrement votre générosité et votre don, qui ajoute une valeur certaine à la collection de notre bibliothèque.

Cordialement,

Charlotte L. Warakaulle

Mr. Guy Créquie
Correspondant Régional
Syndicat des écrivains de langue française
53, Rue Renoir
69200 Vénissieux
France

NATIONS UNIES **UNITED NATIONS**

CENTRE D'INFORMATION DES NATIONS UNIES

1 rue Miollis, 75732 Paris Cedex 15

Téléphone : 01 45 68 49 00
Télécopieur : 01 43 06 46 78
Minitel : 3615 ONU
E-Mail : unic.paris@unesco.org

Ref n° 33
PU 200 F/GC

Paris, le 7 février 2002

Cher Monsieur,

Vous m'apprenez par votre dernier envoi que l'Académie mondiale de la culture et des arts vous remettra courant septembre 2002 le titre de Docteur honoraire. A cette occasion, je vous présente mes plus vives félicitations et me réjouis pour vous. Je suis heureux de savoir que vos talents sont une fois encore reconnus et appréciés et que vos écrits qui véhiculent l'espoir ne trouvent pas de frontière.

Veuillez agréer, Monsieur, l'assurance de mes sentiments les meilleurs.

Hassen M. Fodha
Directeur

M. Guy Crequie
53 rue Auguste Renoir
69200 Vénissieux

A l'attention de Mme Golda El Khoud
Secrétaire du prix Madanjeet Singh prix mondial de l'UNESCO de la non-violence et de la tolérance

Chère Madame,

C'est avec une joie profonde que je recommande la candidature de Mr Guy Crequie au prix Madanjeet Singh.
Sa vie a été consacrée à la pensée et à la musique dans une perspective de rapprocher les êtres humains entre eux et d'aider à une compréhension mutuelle des civilisations et des religions.
Sa connaissance approfondie de l'histoire du Moyen Orient et de l'Islam a été mise au service de l'entente entre
peuples dans une situations de tensions profondes.
Sa participations aux mouvements et aux initiatives de paix est impressionnante.
Son amour de la musique l'a rapproché de nombreux publics, ce qui lui a permis de donner toujours un message de paix.
Sa pensée philosophique a été mise au service de la tolérance.
Pour toutes ces raisons, en tant que titulaire du prix Madanjeet Singh 2009, je me permets de recommander
très sincèrement sa candidature.
Ce n'est que très récemment que j'ai appris le décès de Mr Madanjeet Sigh et cela m'a fait une grande peine.
Veuillez dire à son épouse que je participe à sa douleur. Sa mémoire reste vivante et le prix qu'il a institué porte des fruits
de paix et de réconciliation universelle.
Je vous prie, chère Madame, de croire à mes sentiments les meilleurs.

François Houtart
Profesor en el Instituto de Altos Estudios Nacionales (I.A.E.N.)
Tel: (593) (2) 382 99 00 Ext 272

Fundación Pueblo Indio del Ecuador
Calle Ruiz de Castilla N 26-92 y Sosaya - 170520 - Quito ECUADOR
Tel. (593) (2) 32.12.100 Cel. (593) 9.69.55.06.40

Rue Kelle, 192/6 - B-1150 Bruxelles
Tel. (32) 476.31.50.53

François HOUTART

Guy Crequie

Objet: TR: Proposé comme représentant de la France à une commission diplomatique pour la paix reliée à l'ONU

Importance: Haute

Cher Monsieur Créquie,

Merci d'accepter notre invitation.

Vous aviez fait beaucoup de bien pour le monde et aviez reçu l'acclamation internationale pour vos accomplissements. Nous sommes heureux de vous avoir dans IAEWP dans la Commission diplomatique et dans le comité consultatif du monde (http://iaewp2u.blogspot.com/p/advisory-board.html) aussi bien que de t'accorder l'accolade d'ambassadeur de paix du monde d'IAEWP dans le respect de votre travail édité. Notre équipe globale croissante de chanceliers nationaux peut apprendre beaucoup de vos travaux et contribution à la culture de la paix.

Cette année IAEWP célèbre est jubilé d'or et nous sommes occupés avec beaucoup d'activités de paix. Il y a beaucoup que vous pouvez faire pour IAEWP en belle France.

Veuillez me pardonner, je ne parle pas français et ne dois pas compter sur vos traductions en anglais.

Accueil à bord d'IAEWP.

Sincères amitiés,

Steve V Rajan
Vice président exécutif d'IAEWP
La Malaisie

Dear sir,

We invite you to be a member in the IAEWP Diplomatic Commission.

The details are as follows: http://iaewp2u.blogspot.com/p/as-iaewp-is-cruizing-towards-50th.html

If you are agreeable, please send us your

I. Full name.
ii. A photo-headshot
iii. Contact details

Kind regards,

Steve Varatharajan

AKS

Table des matières

FSC
www.fsc.org

PEFC
www.pefc-france.org

Imprimé en France
Achevé d'imprimer en septembre 2022
Dépôt légal : août 2022

Pour

Le Lys Bleu Éditions
40, rue du Louvre
75001 Paris